L'ENVIEUX

ET

SA VICTIME.

III.

L'ENVIEUX

ET

SA VICTIME,

OU

CHARLES ET SON FRÈRE HENRI;

PAR M. LE GAI,

AUTEUR DES MÈRES DÉVOUÉES.

TOME TROISIÈME.

PARIS,

CHEZ G. C. HUBERT, LIBRAIRE,

Au Palais-Royal, galerie de bois, n° 222.

1818.

L'ENVIEUX

ET

SA VICTIME.

CHAPITRE XXVII.

Continuation de l'histoire de Mademoiselle Duplexe.

Toujours surprise qu'un magistrat chargé de veiller au maintien des mœurs, et qu'un pasteur évangélique n'eussent rien fait en ma faveur, j'aurais je crois tenté de faire connaître mon infortune à mon maître de musique; mais je n'étais jamais seule avec lui, et j'avais à craindre que cet homme ne fût plus porté pour celui qui le payait, que pour

III.   1

celle dont le malheur ne l'eût point tou-
ché. Ce fut dans cette position que j'i-
maginai d'avoir recours à la confession
la première fois que j'irais à l'églisé,
bien persuadée qu'en public, je n'é-
prouverais pas d'obstacle sur une volonté de ce genre.

« Il n'y avait plus que deux jours jusqu'au prochain dimanche ; je me hâtai à
tout événement de tracer de nouveau un
récit de ma déplorable situation ; j'y in-
diquais de qui j'étais née, la demeure
qu'avait eue ma tante, celle de la pension
où j'étais restée près d'une année ; enfin
celle où j'étais détenue malgré moi. Munie
de cet écrit lorsque j'arrivai à l'église, je
demandai au donneur d'eau bénite, à
qui il fallait s'adresser pour avoir un confesseur, il me montrait la sacristie, et allait me dire ce qu'il fallait faire, quand il
vit un religieux qui s'y rendait ; voilà,
mademoiselle, le révérend père Saint-
Charles, allez à lui, c'est le plus renommé
des Pères par sa piété ; c'est ce qu'il vous

faut ; j'y allai et lui annonçai ce qui m'amenait, et que j'avais à lui dire quelque chose de pressant.

« — Après la messe que je vais dire, mademoiselle, je vous entendrai ; mon confessionnal est dans cette chapelle, dont j'ai la clef, placez-vous auprès, vous y entrerez avec moi.

— J'allai me placer, comme il me l'avait indiqué ; la dame Dubourg me demanda avec un ton arrogant, ce que c'était que cette fantaisie de vouloir me confesser sans l'en avoir prévenue ?

« — Ce n'est point une fantaisie, mais la volonté de remplir un devoir que, depuis trop long-temps, j'ai négligé ; en même temps, je la regardai avec une assurance qui la réduisit à se soumettre de bonne grâce à ce qu'elle ne pouvait empêcher.

« Le Père Saint-Charles étant venu ouvrir, repoussa la grille après m'avoir fait entrer avec lui, ce dont je fus satisfaite, parce que le confessionnal, étant dans l'encoignure de la chapelle, il était impossible d'entendre le moindre mot de ce que j'allais dire. Après que j'eus fait à ce religieux un récit abrégé des événemens qui m'avaient placée dans le danger où je me trouvais, je lui remis le précis que j'en avais tracé, et il s'établit entre nous l'entretien que je vais vous rendre.

« — Vous avez raison, ma fille de me dire que l'objet qui vous touche est, pour vous, de la plus haute importance ; car, le silence qu'ont gardé le magistrat, et l'estimable curé de Saint-Sulpice, ne laisse aucun doute que le rang où le pouvoir de votre persécuteur enchaîne leur bonne volonté ; quant à moi, j'en ai encore moins de moyens qu'eux ; si nous étions comme étaient les Jésuites, répandus dans le monde, à portée d'approcher des grands, ou du confesseur du Roi, je pourrais porter votre réclamation jusqu'aux pieds du Souverain ; car, il n'y a qu'une protection aussi puissante qui puisse vous sauver, ou l'audace et la témérité d'un amant qui risquerait tout pour vous tirer d'une situation aussi périlleuse.

« — Comment mon Père, avec une conduite pure, et l'amour de mes devoirs, je ne puis rien attendre de vous ?

« — Il faut d'abord attendre tout du secours du ciel, qui n'abandonne point l'innocence ; je vais aussi auprès de quelques personnes puissantes et vertueuses, faire tout ce que je dois, et tout ce que vous m'inspirez, pour venir à votre secours ; mais je crains bien qu'il n'y ait que moi qui vous croie ; vous ne connaissez point le monde, ni sa corruption, encore moins sa tiédeur à faire le bien ; on me dira que je suis séduit par mon bon cœur et par ma crédulité ; que la jeune personne pour qui je m'intéresse a sûrement une passion dans le cœur, qui la porte à résister à son bonheur ; qu'on ne voit rien de si fâcheux à être aimée d'un homme jeune et généreux qui veut

1.

l'enrichir; que ce serait lui enlever sa fortune que de faire ce qu'elle souhaite, et qu'on ne la trouve nullement à plaindre.

« — Est-il possible, mon Père?

« — Je vous ai peint, ma fille, le monde tel qu'il est, tel que je l'ai vu autrefois; car, je n'ai pas toujours été cordelier; enfin tel que je le vois tous les jours par les secrets qui me sont révélés, et que mon ministère m'appelle à entendre.

« — Mais si vous ne pouvez me secourir, donnez-moi donc un conseil.

« — J'espère vous secourir, ma fille, et que la Providence m'en donnera les moyens; quant au conseil, le seul qui convienne à la circonstance, et qui vous paraîtra contraire à ce que prescrit notre sainte religion, est de céder à votre sort.

« — Ah! jamais, jamais, mon Père.

« — Ecoutez-moi, l'homme qui vous persécute est un libertin dont l'orgueil

est blessé, et irrité par votre résistance :
n'attendez aucune générosité dans son
cœur; il faut qu'il triomphe de vous, ou
qu'il vous perde en vous réduisant au
dernier degré de la misère et de l'opprobre ? Si, au contraire, vous cédez,
la possession de ce qu'il souhaite, le dé-
tachera plus ou moins vite, alors vous
deviendrez libre avec une fortune indépendante, et il n'y a pas d'honnête
homme qui, sachant que vous avez été
victime de la force et de la tyrannie, ne
se croie heureux de vous obtenir et de
vous épouser, parce qu'il n'y a que le
désordre volontaire qui avilisse le cœur
et souille l'âme. Quant au ciel qui connaîtra la pureté de la vôtre, vous êtes
encore plus sûre de son indulgence, et
le pouvoir et la volonté que vous aurez
de soulager les malheureux acheveront
de vous réconcilier avec lui.

« — Ah! mon Père, je ne pourrai
jamais m'y résoudre.

« — Gagnez du temps, ce que je viens

de vous dire n'est que la dernière ressource ; espérez dans les efforts que je
vais faire en votre faveur, et revenez dimanche, peut-être pourrai-je vous annoncer quelque chose d'heureux; allez,
estimable fille, prions tous deux avec fer-
veur et recevez ma bénédiction.

« Quelque résolue que je fusse à ne
jamais suivre le conseil du Père Saint-
Charles, je me trouvai plus calme, et
vraiment satisfaite de l'espoir qu'il me
donnait ; moins il y avait mis d'ostenta-
tion et de confiance, plus j'étais persuadée de son zèle, parce qu'il m'avait montré un véritable intérêt, et que sa figure
respectable et ses manières inspiraient la
confiance. Je n'ai cependant jamais su ce
qu'il avait pu faire, la possibilité de le
revoir m'ayant été ôtée.

« Dès le lendemain, je vis revenir
M. de Villers : il était furieux, la colère
altérait ses traits ; je ne l'avais jamais vu
si effrayant : cependant je n'eus point le
maintien d'une coupable.

« Vous joignez donc, me dit-il, l'hypocrisie à l'ingratitude pour m'échapper ? Ne l'espérez pas, artificieuse créature, ni votre génie que vous avez l'audace de croire supérieur au mien, ni le secours de votre crapuleux moine ne vous soustrairont à mon pouvoir. S'il avait l'audace d'entreprendre la moindre démarche, je le ferais pourrir dans un cachot : quant à vous, ingrate et hypocrite Sophie, cette maison sera désormais votre prison, vous n'en sortirez point ; il faut dans cette lutte que l'un de nous deux succombe, et je n'y renoncerai qu'en perdant vie.

« Je n'avais opposé au torrent d'injures et de menaces qu'un modeste silence.

« — Vous ne répondez rien ?

« — Que voulez-vous que je réponde, monsieur, lorsqu'il vous plaît de trouver un crime dans une action toute simple ? Mais, quand j'aurais les intentions que vous me supposez, en quoi serais-je

coupable? Quel est le tribunal qui ose-
rait me punir de vouloir jouir de la liberté que vous m'avez ravie contre tout
droit et toute justice? Sont-ce des bien-
faits, qu'une tyrannie dont le but est de
m'avilir et de m'ôter le seul bien que je
possède, la pureté et l'innocence?

« — Pourquoi me haïssez-vous, qu'ai-
je fait pour mériter votre haine?

« — Je ne vous hais point. Cette haine
que vous supposez, n'est que l'indigna-
tion de voir que votre générosité n'avait
d'autre but que de faire de moi une victime, et de me sacrifier à une passion
malhonnête.

« — Non, c'est à l'amour le plus violent et le plus sincère.

« — Je ne sais pas comment on le
témoigne ; mais il me semble que si c'é-
tait ce sentiment, je n'aurais jamais
aperçu le maître, encore moins le tyran.
Vous eussiez entrepris de me faire partager ce sentiment; vous ne m'auriez
montré que l'ami tendre et généreux;

j'aurais trouvé dans votre cœur le sacrifice d'une passion que j'aurais parta-
gée sans y céder, mais qui vous aurait
laissé le plaisir d'attacher à vous, par le
cœur et pour toujours, un être sensible
et reconnaissant.

« — Dans quel imbécille et plat roman
avez-vous puisé ce pathos? L'amour
n'est autre chose que le plaisir : quand
vous le connaîtrez, vous secouerez vos
ridicules et plats préjugés, et vous con-
viendrez qu'il y a plus de franchise et
de vérité dans ma manière d'aimer. J'ai
songé à votre fortune, à votre bien-
être présent et à venir ; je partage ce
que j'ai avec vous, partagez de même
ce qui est en votre pouvoir ; alors ce
sera moi qui vous devrai de la reconnaissance, puisque je vous devrai mon
bonheur.

« Après cette définition de sa manière
d'aimer, il me crut sans doute persuadée.
Il garda le silence, ne chercha point à
me faire rompre le mien; et il allait

prendre le violon qui était sur mon clavecin, et dont il jouait très-bien, quand
on vint nous dire que le dîner était servi.
L'entretien y devint général et indifférent. Il eut ensuite assez de calme pour
ne me parler que de ce qu'il crut pouvoir m'être agréable; et il me prévint
que presque tous les jours il me mene-
rait au spectacle; ce que j'acceptai, autant pour me soustraire pendant quelques heures à l'ennui, que comme un
moyen dont je pourrais peut-être profiter pour m'échapper. Inutile espoir! il
prenait trop bien ses précautions. Je ne
vis plus le maître de musique, et la liberté d'aller à l'église me fut ôtée.

« Les trois mois environs qui suivirent, furent une alternative de scènes et
de discussions, pendant lesquelles il me
citait, sans me persuader, l'exemple de
toutes les femmes de la cour et même de
la ville : pas une, à l'entendre, dont on
ne pût citer les intrigues, compter les
aventures et nommer les amans. Je re-

tomberais dans une fatigante répétition, si je vous disais tout ce qu'il dit ou imagina à ce sujet. Ces diverses scènes, étant quelquefois suivies d'entreprises audacieuses, que j'avais toujours réussi à repousser ou à éviter, en fuyant dans un cabinet d'où je ne sortais que quand j'étais sûre qu'il était parti, je ne m'arrêterai donc qu'à la dernière, où, en me défendant, il tomba de ma ceinture un poinçon dont les femmes se servent dans leurs ouvrages. Je le ramassai plus vite que lui, et il me demanda, d'un ton peu rassuré, pourquoi je portais cet instrument sur moi. C'est, lui dis-je, le moindre des moyens que je garde pour me défendre de vous et de moi; je vous en ai prévenu, et vous ne devez pas en être surpris.

« Il était si pâle et si effrayé, que, pour le dissimuler, il se jeta dans un fauteuil, et se cacha le visage de ses deux mains.

« Je triomphais intérieurement d'avoir

III.   2

fait trembler mon tyran, et de voir combien il était susceptible de crainte. J'étais
restée debout et en état de combattre.

« Comment, me dit-il, lorsqu'il fut
remis de son trouble, vous seriez capable de vous porter à une violence qui
pourrait vous conduire au supplice ?

« — Je mourrais sans reproche, et je
pourrais, avant de mourir, dévoiler en
public votre persécution et vos crimes.

« Je venais sans doute de prononcer
mon arrêt et d'avancer l'instant de ma
perte : il ne répliqua rien, et se composa
assez pour paraître calme. Après un
quart d'heure, il me dit : Adieu, invincible héroïne; vous serez désormais ser-
vie comme vous le souhaitez.

« Il revint le lendemain, ne parla
point de cette scène, et, pour la première fois, descendit à me parler littéra-
ture, qu'il connaît beaucoup plus qu'on
ne le soupçonnerait. Il parut satisfait de
mon entretien, et me conduisit au spectacle. Ainsi se passèrent environ quinze

jours, en promenades à la campagne, terminées par le spectacle. Ce calme apparent, qui m'avait rendu un peu de sécurité et l'espoir d'adoucir le tigre, cachait le plus lâche et le plus infernal complot.

« Me voici parvenue, monsieur, à l'instant qui m'a avilie et dégradée pour toujours; et, quoique je n'aie rien à me reprocher, j'ai besoin de réunir toutes mes forces pour avoir le courage de vous en rapporter toutes les circonstances.

« M. de Villers avait, en arrivant pour dîner, apporté du rosolio qu'il vantait beaucoup, et qu'il se faisait, disait-il, un plaisir de me faire goûter. On le servit au dessert. Il m'en versa, ainsi qu'à lui : arrêtez, lui disais-je, en voilà beaucoup.

« —Cela n'est pas fort : on peut d'ailleurs y tremper des biscuits à la cuiller, c'est ainsi que cela se prend; pour moi, je le bois à votre santé. Il fait beau, nous irons nous promener au parc d'Ivri.

« J'y trempai en effet deux petits biscuits. Avant la fin du dîner, je tombai dans un engourdissement incroyable; je n'y voyais plus. La scélérate Dubourg me soutint et m'aida à m'asseoir sur une ottomane, où je succombai au sommeil. Lorsque je commençai à sortir de cette funeste léthargie, tout ce que je pus distinguer, fut que le perfide Villers était en possession de ma personne, sans que je pusse encore me servir de mes bras. Cependant la connaissance ne tarda pas à revenir avec mes forces : je vis toute l'étendue de mon malheur; et, pour la première fois, le monstre était devant moi, un genou en terre. Loin d'en être touchée, mon premier mouvement fut de lui lancer un coup de pied dans l'estomac en lui disant : Fuis, lâche, tu es le plus méprisable des hommes. Ce coup fut si malheureux, qu'il tomba à la renverse, et se donna un coup violent à la tête, contre le pied d'un fauteuil.

« Je croyais qu'il allait sonner pour

avoir du secours. Vous m'avez blessé, me dit-il ; mais je vais m'en aller sans rien dire ; je ne veux pas qu'on s'aperçoive de votre violence. Votre haine est implacable; cependant vous êtes à moi, et, si vous ne changez pas, vous ferez mon malheur et le vôtre.

« — Ne l'espérez pas; vous m'avez trompée par la ruse la plus infernale et la plus criminelle. Je suis avilie, mais vous n'en tirerez aucun avantage; et, si vous osez m'approcher, vous serez ma première victime : je fis en même temps briller mon poignard à ses yeux.

Le vil scélérat sortit, et je fus délivrée de son odieuse présence pendant plusieurs jours, dont il eut sans doute besoin pour remettre sa tête.

« Je n'entreprendrai pas de vous peindre de quels sentimens je fus agitée. Après qu'il fut parti, je n'osai plus me regarder; j'imaginais que ma honte se trouvait écrite sur mon front. J'étais en proie à tous les tourmens, et j'avoue

que, pour la première fois, le désir de
la vengeance entra dans mon cœur, et,
que si j'en eusse eu le pouvoir, je l'aurais
exercée sans pitié. Mais, esclave comme
je l'étais, je me rappelai ce que m'avait
dit le père Saint-Charles, que je me
perdrais en voulant me sauver : rien cependant ne pouvait me déterminer à me
soumettre à mon sort ; je le haïssais plus
que jamais, et le mépris qu'il m'inspirait
élevait entre lui et moi une barrière in-
surmontable. Je me résolus à ne plus
prendre d'alimens qui pussent me faire
tomber en son pouvoir ; et, dès le soir,
je commençai à refuser tout ce qu'on
me présenta.

Malgré mon malheur et mon désespoir, j'éprouvai, le lendemain, le besoin
de manger, et que difficilement on se
déterminait à mourir de faim. Je me trouvais heureusement en possession de plusieurs livres de chocolat ; j'en mangeai
une tablette, je bus par dessus, et me
sentis rassasiée. Mais cette ressource

pouvant s'épuiser, je pris, à table, du
potage dont l'odieuse complice de M. de
Villers mangeait aussi, et de même du
rôti; quant aux fruits, je n'en choisis
que de crus, et qui ne pouvaient avoir
été mélangé de rien de malfaisant. Le
soir, étant sûre qu'on ne pouvait forcer
les verroux de la porte de ma chambre,
je craignis moins de manger, puisqu'on
ne pouvait employer qu'inutilement l'o-
dieux moyen qui m'avait endormie.

« Il y avait huit jours d'écoulés de
cette manière sans que j'eusse revu mon
tyran; il vint le neuvième, et me fit demander si je voulais le recevoir : je fis
répondre qu'il était dérisoire de me demander une permission que je ne pouvais refuser. Il avait un air moins auda-
cieux, et me dit en entrant qu'il venait
me témoigner le regret de ce qu'il avait
osé entreprendre; qu'il ne l'avait tenté
que parce qu'il n'avait point vu d'autre
moyen de vaincre mes préjugés et ma
répugnance ; que son excuse était dans

l'ardeur de sa passion pour moi ; que s'il s'était trompé, je ne devais pas craindre que jamais il eût recours à une semblable témérité, parce que, si elle n'avait rien fait en sa faveur, elle ne pouvait devenir plus heureuse que par mon indulgence, qu'enfin il n'avait plus rien à attendre que du temps et de sa persévérance.

« N'en attendez rien, lui dis-je ; je ne perdrai jamais le ressentiment de votre outrage, et je ne peux vous répéter que ce que je vous ai dit, et vous demander, à présent que vous avez assouvi votre brutalité, de me jeter dans une retraite, où je puisse être ignorée de tout le monde, et y pleurer mes malheurs.

« — Je vous satisferai, mademoiselle ; je ne vous demande que quelques jours ; mais en attendant, ne nuisez pas à votre santé, en changeant votre manière de vivre : je vous jure sur mon honneur qu'il n'arrivera plus rien de ce que vous craignez.

« Je ne croyais point à son honneur, et je choisis ce que je voulais manger, comme j'avais fait pendant son absence. Il me proposa de sortir après dîner ; j'en avais besoin : j'acceptai.

« Il me fit faire plusieurs promenades semblables aux précédentes, et ne me parla plus du spectacle; mais un soir il me prévint que nous aurions la visite d'un ami d'un rare mérite; que nous sortirions ensemble, et que nous irions souper avec lui; qu'il l'avait prévenu que j'étais sa pupille; que sûrement je trouverais une distraction agréable dans sa société. L'espoir vague de trouver du secours dans un tiers me prévint en faveur de cette visite; et, quand peu après on annonça M. de Laigle, je crus voir en effet un libérateur. A la tournure la plus distinguée, il réunit la figure la plus spirituelle qu'on puisse imaginer, et des yeux tels que sont ceux de l'oiseau dont il portait le nom. Il me salua respectueusement, et me regarda avec surprise;

mais ce mouvement fut réprimé si promptement que de ce moment je crus voir que je lui inspirais un intérêt qu'il voulait dissimuler, et que ce qu'il voyait n'était pas d'accord avec l'idée qu'on lui avait donnée de moi: ces conjectures de mon imagination, produites par le désir de ma liberté, se sont presque toutes trouvées justes.

« Je rends grâces, me dit-il, mademoiselle, à M. de Villers de m'avoir procuré le plaisir de vous voir : il ne m'a dit qu'une bien faible partie de ce que vous méritez.

« Une profonde révérence fut toute ma réponse. M. de Villers proposa en même temps la promenade ; nous montâmes en voiture ; le cocher eut ordre d'aller au bois de Boulogne. En chemin la conversation tourna vers la musique ; M. de Laigle qui a dans l'esprit des ressources infinies, saisit cette occasion pour s'informer de mes talens. — Mademoiselle, en a sûrement beaucoup,

si j'en juge par un clavecin qui m'a paru
en activité. De Villers répondit qu'il fallait l'entendre avec ma voix, pour en
connaître le charme, et que je n'étais
pas moins habile en peinture.

« Ce sont sans doute des tableaux de
genre, me dit M. de Laïgle? — Oui,
monsieur; je m'attachais au paysage
sans négliger la figure; car je ne le trouve
agréable qu'autant qu'il est animé par la
peinture des travaux de la campagne et
par les bestiaux.

Il s'empara d'un si beau texte, en parla
en connaisseur, et trouva le secret de
me faire parler aussi, et de montrer des
connaissances qu'il se garda bien de
louer, mais qu'il me fit développer avec
autant d'art que de délicatesse : c'est ainsi
que je m'avançais avec confiance vers le
gouffre infernal, où voulait me plonger
l'odieux Villers. Je touche à la dernière
partie de ma funeste histoire; permettez,
monsieur, que je me recueille jusqu'à
demain, afin que je puisse rappeler dans

ma mémoire toutes les circonstances de cette dernière partie ; car ce n'est que par les détails que vous pourrez juger de ce que j'ai souffert, et de la scélératesse de mon persécuteur.

CHAPITRE XXVIII.

Suite de l'histoire de mademoiselle Dupleixe.

LE lendemain cette infortunée demoiselle reprit ainsi :

« Il ne faisait presque plus jour quand nous remontâmes en voiture ; tout ce que je pus distinguer fut en sortant du bois, qu'au lieu de prendre la route de Paris, nous entrâmes dans une route qui faisait face à la porte Maillot. Il y avait trois quarts-d'heure que nous roulions très-vite, lorsqu'en traversant un village je dis à M. de Villers : Il me semble que nous allons bien loin ?

« — Oui : nous allons à la campagne; nous ne tarderons pas à être arrivés.

« Une demi-heure après la voiture s'arrêta dans un endroit très-sombre, contre un mur qui me parut environné par un bois ; une porte s'ouvrit, et nous entrâmes dans une cour peu éclairée ; mais le vestibule et l'escalier l'étaient autant qu'on pouvait le désirer : M. de Laigle me donnait la main. En montant j'entendis un grand nombre de voix, des éclats de rire et des propos si libres et si grossiers, que je commençai à trembler ; je les entendis encore plus clairement en passant devant une porte qui me parut devoir être celle d'un salon : enfin, introduite dans une petite pièce élégamment meublée, où deux bougies étaient allumées, dans quel lieu m'avez-vous donc conduite, monsieur, demandai-je à M. de Villers ?

« — Dans un lieu propre à réformer votre éducation, à corriger vos airs précieux, et à étouffer vos sots préjugés: vous n'en sortirez que quand vous serez changée.

« Il serait possible, dis-je à M. de Laigle que vous eussiez secondé une pareille infamie! Seriez-vous aussi un homme sans honneur?

«—Je commence, mademoiselle, par vous assurer que, si j'eusse eu le bonheur de vous connaître comme M. de Villers, jamais je ne vous eusse conduit ici ni ailleurs, que là où vous auriez voulu être, et que je croyais que vous veniez ici de bon gré.

« — Et moi, monsieur, je croyais venir chez vous.

« — Comment, Villers, vous vous êtes servi de mon nom?

« Cette interrogation a occasionné entre eux et moi l'entretien que je vais rapporter.

M. DE VILLERS.

« Je n'ai point dit chez vous, mais avec vous.

M. DE LAIGLE.

« Il n'est pas question de se débattre

sur une expression dont le sens a pu
tromper mademoiselle, mais de venir
au fait. Elle est ici de force; nos statuts
s'y opposent; aucun de nos amis ne
consentira à ce qu'il lui soit fait la moindre violence, ni ne se permettra de lui
en faire : les femmes qui demeurent ici,
celles qui y viennent, sont conduites
par une vocation décidée; et je prévois
que vous serez obligé de ramener mademoiselle.

M. DE VILLERS.

« Je ne demande ni à lui faire violence ni qu'il lui en soit fait; mais qu'elle
soit témoin de nos mystères, de notre
culte, et qu'elle voie que des personnes
aussi jeunes et aussi belles, ont, en suivant le plaisir et la fortune, su trouver
le bonheur : si elle ne cesse pas ici d'être
précieuse, si elle n'y devient pas telle
que je le souhaite, une prison rigoureuse est le sort que je lui réserve.

MADEMOISELLE DUPLEIXE.

« Comment ! après être parvenue ?
me déshonorer par une ruse aussi lâche
qu'exécrable, vous voulez me plonger
dans l'abîme d'un lieu de prostitution !

M. DE VILLERS.

« Tais-toi, monstre d'ingratitude, en
faisant un geste menaçant.

M. DE LAIGLE.

« Contenez-vous, monsieur de Villers ; un semblable emportement envers
une femme est indigne d'un être raisonnable ; allez plutôt voir si nous sommes
en nombre suffisant pour faire décider
ce que vous souhaitez. Il sortit.

M. DE LAIGLE.

« L'insupportable orgueil de cet hom-

III.   3

me le rend féroce comme un tigre ; je vous plains, mademoiselle.

MADEMOISELLE DUPLEIXE.

« Ah ! monsieur, puisque vous n'êtes pas le maître ici, je suis perdue

M. DE LAIGLE.

« Vous verrez que je n'y suis pas sans autorité ; calmez-vous, ne refusez pas de rester dans cette maison : vous y êtes du moins en sûreté, et à l'abri des persécutions de ce monstre ; les scènes qui s'y passent vous indigneront ; il faut à cet égard dissimuler et gagner du temps : accordez-moi une confiance dont je ne suis pas indigne, surtout discrétion et prudence : je l'entends, ne répondez pas.

M. DE VILLERS.

« Nos amis sont en nombre plus que suffisant : il n'en manque qu'un.

M. DE LAIGLE.

« Mais mademoiselle n'est peut-être pas encore en état de descendre, elle a presque perdu connaissance.

MADEMOISELLE DULEIXE.

« Je suis moins mal, monsieur, voilà votre flacon, je vous remercie ; c'était de l'esprit de vinaigre qui m'a été d'un grand secours. M. de Laigle me présenta la main, et nous allâmes dans la pièce où ces messieurs et leurs dignes compagnes étaient réunis : lorsque j'entrai, je fus saluée comme dans la meilleure compagnie : deux de ces femmes s'empressèrent de me conduire à un fauteuil : les hommes s'assirent et formèrent un demi-cercle.

M. DE LAIGLE.

« Je suis arrivé ici avec M. de Villers

et mademoiselle : j'ai dû croire qu'elle y venait volontairement, qu'elle était prévenue que cette maison était consacrée au plaisir, et qu'elle voulait y participer. Dès l'arrivée dans la pièce voisine, j'ai été désabusé de la manière la plus formelle ; j'ai représenté à M. de Villers qu'il violait les dispositions de notre association, qui ne permettent ni ne souffrent aucune violence, mais qui au contraire exigent toute la liberté possible ; enfin, j'ai ajouté que je doutais que vous consentissiez à ce que cette jeune demoiselle restât ici ; que, dans tous les cas, vous ne souffririez pas qu'il lui fût fait par lui, ni par aucun de nous, la moindre violence.

L'UN DES ASSOCIÉS.

« Votre observation, M. de Laigle est on ne peut plus juste ; nos statuts sont inviolables, comme chose contractée d'un commun accord ; nous ne pourrions d'ailleurs nous en écarter sans imprudence, puisque, quel que soit notre rang ou notre pouvoir dans le monde, nous ne serions point à l'abri des lois qui répriment et punissent la violence, et nous serions au moins exposés à la dérision, ou plutôt à l'inconsidération qui résulterait d'une scène aussi scandaleuse que d'être traduit devant les tribunaux.

« Ce que je venais d'entendre était d'un grand intérêt pour moi, en m'apprenant tout ce que mon vil persécuteur avait à craindre de sa conduite à mon égard; il prit la parole à son tour.

M. DE VILLERS.

« C'est voir les choses au tragique, messieurs; il n'y a rien à craindre de semblable. Je ne demande point que la personne que j'ai conduite ici soit forcée de participer à nos mystères, mais qu'elle en soit témoin, qu'elle y voie que

ce n'est point en faisant la prude que l'on
peut plaire, et qu'il y a une autre manière d'être heureuse ; je suis d'ailleurs
au moment de faire un voyage indispensable, et j'ai regardé notre maison comme
une retraite plus sûre que la sienne pour
me répondre d'elle ; car c'est une artificieuse créature qui tromperait le diable
même, si on le lui donnait pour geôlier, et
qui va chercher des alliés chez les carmes
pour se soustraire à mon pouvoir.

M. DE LAIGLE.

« Je suis loin de m'opposer à ce que
demande M. de Villers, et à ce que la
personne qui l'intéresse y soit en sûreté ;
mais je doute que le spectacle qu'il veut
lui donner de tout ce que nous nous
permettons, soit propre à produire l'effet qu'il se propose. Le goût du plaisir
veut être inspiré ; c'est par la persuasion
qu'on y parvient : l'exemple n'y peut pas
plus que la force, parce que chacun veut
être heureux à sa manière.

M. DE VILLERS.

« Je vous demande, messieurs, si M. de Laigle n'est pas en contradiction avec ses principes ? Le plaisir, mes amis, nous a-t-il répété, est le but de la vie ; c'est un besoin impérieux, il faut le satisfaire ; c'est en même temps un moyen d'éviter l'amour, cette passion funeste qui nous égare, nous enlève à nos devoirs, et nous fait perdre le temps consacré à acquérir des lumières.

M. DE LAIGLE.

Quand on fait une fausse application d'un principe vrai en lui-même, on y trouve de la contradiction. Je pourrais prouver à M. de Villers combien, pour son intérêt, il s'en est écarté ; mais je me renferme, en ce moment, dans ce qui concerne l'accusation de contradiction. J'ai dit, et j'en conviens que le plaisir était un besoin indispensable à

satisfaire, mais je ne vous ai jamais dit
qu'on pût y contraindre personne; et
comme, excepté les jouissances de l'esprit qu'on peut se procurer soi-même,
il faut indispensablement que celles des
sens soient partagées, elles ne peuvent
l'être que par ceux qui ont les mêmes
goûts et les mêmes principes. On voudrait donc en vain les faire goûter par
les personnes dont les principes, les préjugés et l'éducation ne les font considérer que comme un désordre, lorsqu'elles
ne se présentent pas sous les formes et
dans le cadre où leur imagination les a
placées : elles sont, à cet égard, martyrs
de leur opinion, comme l'ont été les
premiers chrétiens sous les empereurs,
et comme l'ont été de nos jours les pro-
testans, que les bûchers n'ont point
fait changer, parce qu'on n'est heureux
qu'en suivant son opinion. Nous n'avons
point eu, mes amis, l'occasion d'en parler, car je vous aurais dit, comme je le
dis en ce moment, qu'on ne règne que

par elle ; il faut, ou s'y soumettre, ou la combattre par une raison dont l'évidence soit convaincante ; ou y conduire par une persuasion dont le talent est donné à peu de personnes, et sans laquelle tous les autres moyens ne sont qu'une violation du droit naturel, que nous avons tous de résister à la tyrannie. Mais en voilà plus que je ne devais en dire sur une vérité dont vous êtes tous pénétrés.

L'UN DES ASSOCIÉS.

« Sans doute. Cependant, sans tirer à conséquence pour l'avenir, l'asile demandé par M. de Villers peut lui être accordé pour le temps de son absence, sauf, par lui, à répondre seul des conséquences d'une contrainte antérieure à l'arrivée de mademoiselle dans cette maison, comme de notre part, nous nous engageons à ne lui faire éprouver aucune persécution. Elle sera libre de

III. 4

n'admettre auprès d'elle que celui de nous qu'elle voudra y souffrir, et de choisir aussi, parmi les filles de service, celle qui lui conviendra.

M. DE VILLERS.

« Je réponds de tout : cela est trop juste, et je me fie aux bons offices de mon ami M. de Laigle; il connaît mes intentions.

« Tout étant terminé sur cette difficulté, dit un de ces messieurs, je vous préviens que l'heure du souper approche, que nous n'avons que le temps d'aller nous habiller. Serez-vous des nôtres, M. de Laigle? Il y a long-temps que vous n'êtes plus que spectateur.

« — Mes affaires et ma santé l'exigent, et aujourd'hui j'ai plus que jamais besoin de repos.

« Restée seule au salon, avec M. de Laigle, il s'empressa de me dire : Vous avez pu voir, mademoiselle, que j'ai ici quelque influence, et que j'ai plaidé votre cause autant qu'il m'a été possible.

« — J'ai cependant craint, monsieur, que votre opposition à mon séjour ici ne me fît retourner sous le pouvoir de M. de Villers.

« — C'était pour écarter ses soupçons, que j'ai pris ce moyen : je connaissais assez son caractère, pour savoir qu'il ne préférerait que ce qu'il croirait avoir obtenu par son importance. Vous voilà hors de son pouvoir, et à portée de profiter des circonstances qui pourront se présenter pendant son absence. Mais si vous ne portez pas vos espérances sur l'avenir, vous serez découragée par le spectacle des scènes qui vont se passer sous vos yeux : je sais quelles impressions elles doivent faire sur une âme pure comme la vôtre ; il faut cependant dissimuler, si vous ne voulez pas retomber dès aujourd'hui sous l'empire de votre tyran.

« — Je m'efforcerai de surmonter ce

que j'éprouverai : je suis sûre, du moins, de ne rien dire.

« — C'est beaucoup. Je soutiendrai votre courage. Que ne voudrais-je pas faire pour vous servir ! Pourquoi vous ai-je connue si tard ?

« A l'instant, nous entendîmes la société se rapprocher de nous : il ne fut plus possible de nous parler. Je ne fus pas peu surprise de voir les six femmes que j'avais vues en habits français, rentrer, vêtues à la grecque, de la manière la plus légère et la plus élégante. Les unes avaient les jambes et la gorge entièrement découvertes ; les autres n'avaient qu'un seul côté exposé aux regards. Ce spectacle, à l'immodestie près, était agréable, car la moins remarquable de ces femmes pouvait passer pour belle, et toutes avaient de la fraîcheur et de la jeunesse. Mais je fus au comble de l'étonnement, en voyant les hommes avec le même costume, moins nus, et cependant très-ridicules ; car il n'y en

avait que deux qui étaient assez bien
sous ce vêtement : de ce nombre était
l'indigne Villers, qui n'eut pas honte de
se plonger, devant moi, dans la plus vile
débauche.

« On vint présque aussitôt avertir que
le souper était servi : c'était un ambigu,
qui était fourni de tout ce qui pouvait
flatter le goût et charmer les yeux, par
la beauté des fruits.

Je fus obligée de prendre place à ce
banquet, où M. de Laigle et moi faisions
disparate par la différence de nos vêtemens. J'étais auprès de lui, et si décon-
certée, que je portais mes regards de
tous côtés pour cacher mon trouble ;
mais j'étais aussitôt obligée de les bais-
ser, pour ne pas les arrêter sur les pein-
tures impudiques qui ornaient cette
salle. J'y remarquai en même temps que
les deux côtés étaient, dans presque
toute leur longueur, garnis de vastes ot-
tomanes et surchargés de coussins. Pendant que j'éprouvais cet embarras, les

équivoques plus ou moins intelligibles,
mais toutes grossières, faisaient déjà le
sujet de la conversation, qui ne tarda
point à s'animer. Les libertés les plus
indécentes succédèrent aux paroles; les
maximes licencieuses, les systèmes les
plus abominables furent développés,
soutenus, et pris en action par des pro-
fanations exécrables, en rendant aux
objets les plus vils le culte réservé aux
choses sacrées. J'étais dans un état de
défaillance que je m'efforçais en vain de
surmonter; mais j'y succombai entièrement, quand ils outragèrent la nature
par la plus infâme débauche. Je ne vis
plus rien de cette scène d'horreur dont
j'ai osé vous retracer une faible image,
pour vous faire juger de l'affreuse situation où je me trouvais.

« Il y avait vingt-quatre heures que
j'étais dans l'état d'anéantissement total
où j'étais tombée, quand je repris connaissance. Il était nuit; j'étais couchée
dans une jolie chambre; j'avais auprès

de moi une des filles de la maison, jeune
et d'une figure aimable, et je reconnus
M. de Laigle assis vers le pied de mon
lit. J'eus peine à rappeler mes idées; et,
quoique je me trouvasse dans un état
tranquille, je me croyais encore près de
l'horrible scène qui m'avait si cruellement affectée. Je demandai à M. de
Laigle, qui avait pris soin de me mettre
dans la situation où je me voyais, et si
M. de Villers était encore dans la maison?

« — Il est parti, mademoiselle. Il
nous a fait ses adieux hier, et s'est mis
en route ce matin.

« — Il y a donc long-temps que je
suis ici?

« — Vous avez été si incommodée,
que vous n'avez pu vous en apercevoir.
J'ai envoyé chercher mon médecin, à
qui j'ai dit que de trop violentes émo-
tions vous avaient réduite dans l'état où
il vous voyait. Il vous a fait prendre
des gouttes calmantes; et, après être
resté long-temps, il m'a assuré que

votre situation n'avait rien de dangereux, parce qu'il n'y avait aucune apparence de fièvre ; mais qu'il fallait un
calme profond, beaucoup de repos et
des alimens légers. Je vous vois heureusement aussi tranquille que je pouvais
l'espérer. Je profiterai de ce moment
pour aller à Paris, aussitôt que le jour
commencera à paraître; mais l'inquiétude sur votre santé me ramènera cette
après-midi. Je vous invite à vous livrer
au repos : si vous dormez, comme je le
souhaite, je partirai sans vous éveiller.

« Je le remerciai de ses soins. Il me fit
apporter un bouillon, que je pris avec
plaisir, et je ne le revis que le soir,
comme il l'avait annoncé. J'étais mieux,
mais très-faible : je n'avais pu rester le-
vée. Il me trouva au lit, ayant toujours
auprès de moi la fille qui me gardait, et
qui restait à mes ordres.

« Je m'empressai de demander à M. de
Laigle, si ce que j'avais été forcée de voir
se répétait souvent. Il m'assura qu'il n'y

aurait point d'assemblée tout le temps
que M. de Villers serait absent, parce
qu'il avait emmené avec lui trois de ses
amis, qui étaient du nombre de ceux
que j'avais vus à table; qu'il serait absent deux ou trois mois; qu'il lui avait
aussi promis d'aller le voir à sa terre;
mais qu'il n'irait que le plus tard possible, et qu'il n'y passerait pas plus de
deux jours, ses affaires lui fournissant
un prétexte naturel pour s'en dispenser.

« Trois jours se passèrent en soins de
la part de M. de Laigle, et de la mienne
à profiter de la tranquillité qu'il me pro-
curait pour achever de me rétablir. J'y
étais parvenue; et, sans aucune raison
de pouvoir compter sur son secours, je
désirais le revoir, parce qu'il était le seul
être qui eût eu pitié de moi, et qu'il connaissait assez mes malheurs pour que je
pusse m'en entretenir avec lui, sans être
obligée de lui faire aucune confidence.
Vous verrez, monsieur, par ce qui me

reste à vous dire, l'espèce de liaison qui
s'établit entre nous, sans qu'il ait pu parvenir à m'inspirer la confiance que peut-
être il méritait. »

CHAPITRE XXIX.

Fin de l'histoire de mademoiselle Dupleixe.

« M. DE LAIGLE, après m'avoir témoigné combien il était satisfait du retour de ma santé, ne me dissimula pas qu'il avait craint qu'elle ne fût altérée pour toujours.

« — Ah! monsieur, s'il me fallait encore être contrainte à voir un semblable spectacle, je mourrais avant de m'y soumettre!

« — Je le crois. Je regrette de n'avoir pu vous en faire dispenser, et plus encore, de ne vous avoir connue que le jour qu'il a plu à M. de Villers de vous conduire dans cette maison ; mais j'espère parvenir à vous soustraire à son autorité, ou plutôt à sa tyrannie.

« — Que puis-je espérer de vous, monsieur? N'êtes-vous pas l'ami de M. de Villers? n'êtes-vous pas un des fondateurs de ce repaire de tous les vices?

« — Il mérite toutes les épithètes que vous n'êtes que trop en droit de lui donner; mais au moins ne mérite-t-il pas celui d'autoriser et d'attaquer la liberté personnelle. Ici elle n'a jamais été violée, et aucun de nous ne s'est permis ailleurs, envers personne, la lâche et scélérate conduite de de Villers envers vous. Il me l'a racontée, et m'a prouvé que son insupportable orgueil est fait pour dénaturer les plus sages principes et les meilleures institutions.

« — Quoi! monsieur, vous oseriez défendre ce que, tout à l'heure, vous conveniez être un repaire de tous les vices?

« — Sans doute, mademoiselle. Une impudicité portée à l'excès en présence les uns des autres, dont toute pudeur est bannie, des déréglemens inimaginables, des principes de philosophie exagérés, sont faits pour dégoûter, pour indigner, mais c'est l'abus qu'on a fait de cette association : séparez-en cet abus, vous ne verrez plus qu'un besoin naturel qu'on était convenu de satisfaire avec toute la liberté que procure cet asile. Mais on ne devait se retrouver ensemble que pour le plaisir de la table ; tel devait être cet établissement, dont le but était d'éviter l'amour par l'ivresse du plaisir.

« — Je ne sais, monsieur, quels sont les dangers et les malheurs que peut causer l'amour ; mais je crois qu'il ne peut jamais conduire à l'avilissement, et je suis surprise qu'avec votre esprit et vos lumières, vous ayez cru devoir employer un si condamnable moyen pour vous en préserver.

« — Vous avez raison, mademoiselle, tous ces vains systèmes d'une audacieuse philosophie s'évanouissent à l'aspect de la vérité; et son empire est irrésistible, lorsqu'elle se présente avec tous vos charmes. Il ne tient qu'à vous de me tirer de l'abîme; si vous m'en croyez encore digne, je vous consacre ma vie, et je vous devrai mon retour à la raison.

« — J'étais loin de m'attendre, monsieur, à une semblable proposition, et je vous tromperais, si je vous donnais, à cet égard, le moindre espoir. Je ne suis plus digne d'appartenir à personne, ni à titre d'épouse ni même de maîtresse : un scélérat m'a ravi cet avantage. Rien, je ne le sens que trop, ne peut me tirer du précipice, puisque je ne peux plus espérer de trouver un secours désintéressé.

« — Qui vous fait croire, mademoiselle, que je ne puisse vous servir avec désintéressement ? Lors même que j'aurais le malheur de vous inspirer de l'aversion, je voudrais encore vous prouver que je mérite quelque estime, et je

vous servirai, quelque chose qui puisse
arriver. Mais permettez-moi de vous demander en quoi vous vous croyez incapable de faire le bonheur de qui que ce
soit? Vous êtes plus pure que la femme
qui aurait résisté à son penchant : vous
auriez dans le cœur un sentiment à
combattre et un regret ; le vôtre est libre
et sans tache. Le crime d'un lâche, d'un
orgueilleux qui ne pouvait vous mériter, ne peut vous avilir ; vous êtes à mes
yeux d'un prix inestimable, et je vais
m'expliquer sans détour. Ma fortune est
plus considérable que celle de M. de
Villers ; mon origine n'est pas si ancienne
que la sienne, mais elle est distinguée.
Je cours la même carrière que lui, je
peux devenir son égal, je peux aller au
delà : je mets tout à vos pieds, et je vous
conduis à l'autel ; ce n'est qu'à cette con-
dition que je prétends vous obtenir.

« — Je vous crois, monsieur, puisque
rien ne vous oblige à prendre aucun détour avec une infortunée qui est, en

quelque sorte, en votre puissance ; mais
je ne mériterais pas des dispositions si
généreuses en ma faveur : si je les accep-
tais, indépendamment des regrets inévi-
tables qui suivraient une union dispro-
portionnée, pourriez-vous, sans crainte
du blâme public, présenter comme votre épouse une fille dont M. de Villers
n'a pas craint de divulguer l'avilissement, en la conduisant dans cette maison, et en l'exposant aux regards de
plusieurs personnes, qui publieraient sa
honte, en y ajoutant des ornemens au
gré de leur imagination.

« — Il est facile de vous détromper à cet
égard; tous ceux que vous avez vus ici,
sans en excepter les femmes, toutes li-
bertines qu'elles soient, ont improuvé de
Villers de vous avoir conduite ici ; on
lui a dit qu'il abusait d'une manière
étrange de la qualité de tuteur, et qu'il
prenait pour vous persuader, et pour se
faire aimer, une manière qui ne pouvait
que vous dégoûter et le faire haïr ; il ne

reste donc que la violence qu'il vous a faite , dont il n'osera jamais se vanter , et qu'il a regretté de m'avoir confiée, aussitôt qu'il se fut permis de m'avouer que ce dont vous l'aviez accusé était vrai; mais cet événement qui ne peut toucher que moi , est de nature à augmenter les sentimens que vous m'avez inspirés , puisqu'il prouve évidemment votre aversion pour de Villers , et la solidité de vos principes. Il ne s'agit donc plus pour vous tirer d'ici que de m'indiquer un de vos parens , à quelque degré éloigné qu'il puisse être ; il suffit qu'il ait la qualité de parent pour vous réclamer , pour vous tirer des mains de ce subrogé-tuteur, et pour lui faire rendre compte de sa conduite ; je le ferai guider par des conseils éclairés , et les dépenses nécessaires seront faites de manière à ce que de Villers ne puisse intervertir l'ordre de la justice.

« Je vous avoue, monsieur, que j'eus besoin de la juste défiance que m'inspi-

pirait ce que je connaissais des principes
de M. de Laigle et de la société où je l'a-
vais trouvé, pour ne pas être sensible à
un procédé si délicat, auquel son esprit
et ses manières prêtaient le charme de la
sincérité. Je n'ai, lui dis-je, de parent
qu'un cousin-germain, fils du frère de
mon père, qui est établi en Amérique, où
il jouit d'une fortune considérable; c'est
ainsi que mon père en parlait quelquefois;
mais je ne sais s'il est à Saint-Domingue,
à la Martinique ou à la Guadeloupe. A
Paris je n'avais que la tante qui a eu l'in-
dignité de me livrer à M. de Villers.

« — Cela est fâcheux; car vous ne pouvez convenablement sortir d'ici que par
ce moyen, ou en trouvant par vous-
même le moyen de fuir.

« — Comment, monsieur! avec l'intérêt que vous paraissez prendre à moi,
il serait possible que vous n'eussiez ni
le pouvoir ni les moyens de m'en ouvrir
les port es?

« — S'il ne fallait que combattre tous

ceux dont je me ferais autant d'ennemis,
je l'entreprendrais sans hésiter ; mais,
lorsque entre hommes on a contracté volontairement un engagement , il est inviolable ; et j'ai pris avec nos associés ,
envers de Villers , celui de vous garder
ici : ce n'est pas qu'aucun d'eux m'en
voulût beaucoup de vous avoir sous-
traite à sa persécution ; mais lui , ayant
droit de se plaindre de moi , se trouverait dispensé de la nécessité de se taire ,
parce que vous ne seriez plus qu'une
maîtresse que je lui aurais enlevée ; ce
qui ne peut s'accorder avec la considération dont je veux vous environner.

« — Ainsi, monsieur, vous respectez
un engagement qui n'a pour but que mon
malheur , et qu'il était coupable de
prendre ?

« — Il le fallait pour le moment. Vous
croiriez-vous dispensée de votre parole,
parce que vous l'auriez donnée à un fri-
pon ?

« — Non , sans doute.

« — La position est la même ; et des
considérations plus délicates s'y joi-
gnent, pour que je ne puisse agir ouvertement. Pourquoi n'essayeriez vous pas
de gagner vos surveillantes? L'or ouvre
toutes les portes, et je peux vous laisser à l'instant même tout celui qui pourra les tenter.

« — Cela est impossible ; recevoir est
prendre un engagement : je n'en veux
point prendre ; je n'ai jamais donné à
M. de Villers cet avantage sur moi ; s'il
m'a donné, c'est qu'il l'a voulu. Je ne
lui ai jamais rien demandé ; il s'est présenté comme protecteur : je le voyais
comme tel, et je croyais avoir trouvé
un être généreux qui voulait remplacer
mon père.

« — Ah! Vous me haïssez, et mes
soins vous sont odieux.

« — Ni l'un ni l'autre, monsieur ; je
voudrais mériter votre attachement, et
non abuser d'un premier mouvement
qui a besoin d'être mûri par le temps.

et par la réflexion, pour votre bonheur et pour le mien ; quant à vos soins , j'y mets un prix infini ; mais je ne veux pas vous faire payer le plaisir que j'ai de les recevoir.

« — Ah ! lors même que Villers s'y fût mieux pris avec vous, tout son orgueil devait échouer contre une telle éléva-tion de sentimens ; mais permettez-moi de vous faire remarquer qu'elle devien-drait ici une délicatesse déplacée. Sup-posons qu'il y ait un moyen de s'échap-per de cette maison , soit à prix d'or , soit par une ruse indépendante de toute intelligence dans l'intérieur, que devien-driez-vous, seule dans une campagne éloignée de Paris, si je ne me trouvais pas là sous un travestissement, pour vous préserver contre toute attaque ? et que feriez-vous à Paris sans appui et sans argent pour vous procurer l'entrée d'un cloître, seul asile convenable dans la circonstance ?

« Je sentis tout le néant où j'étais tom-

béc ; je ne répondis que par mes larmes.
Il se jeta à mes genoux, et me conjura
de lui accorder une confiance qu'il méritait, et qui était en outre la seule voie
de salut sur laquelle je pusse compter.

« Je comptais, repris-je, sur quelque
chose de suffisant pour payer ma pension dans un couvent éloigné de Paris :
c'est ce qui me reste du bien de mon
père ; mais je n'en ai pas les titres ; c'est
M. de Villers qui en est possesseur.

« —Eh bien! ayez toute la fierté qui
convient à une âme supérieure, mais ne
me dédaignez pas : plus je suis loin de
vous, plus je m'efforcerai de m'en rendre
digne.

« Je l'invitai à se relever, et l'assurai
que je ne m'abaisserais jamais à corrom-
pre des domestiques.

« Il m'approuva, et m'assura qu'il
trouverait d'autres moyens ; il me fit
part de plusieurs qui tous avaient tant
d'inconvéniens, que nous fûmes obligés
d'y renoncer.

« Ne pouvant, disait-il, avoir de repos que quand il en aurait trouvé un
infaillible, il vint un jour avec un air
triomphant me demander si j'aurais le
courage de paraître laide pendant quelque temps pour conquérir ma liberté.

« — Ah ! je consentirais à l'être réellement et pour toujours.

« — Le sacrifice ne sera pas si long;
mon médecin m'a promis de vous donner l'apparence d'une petite vérole pour-
prée, de manière à en imposer à tous
ceux qui vous regarderont : il n'en faut
pas plus pour vous faire abandonner par
un homme tel que Villers, qui ne tient
à vous que par les sens ; il sera trop heureux de me charger de prendre soin de
vous. Après les premiers jours de mala-
die, c'est-à-dire, après le danger passé,
le médecin demandera que vous lui
soyiez abandonnée, pour combattre la
laideur dont vous aurez toutes les traces,
et pour vous conserver la vue que vous
serez menacée de perdre : c'est de chez

ce docteur que vous pourrez fuir sans
obstacles. Ce plan, dont l'effet me parut
inmanquable, fut adopté pour être exé-
cuté au retour de M. de Villers.

« Pendant tout le temps qu'a duré son
absence, M. de Laigle m'a entretenu
de sa passion et de son dévoûment. Il
m'était agréable, et j'en conviens, de
voir que je pouvais encore être désirée;
mais je n'ai pris aucun engagement; il a
pu croire qu'il ne m'était pas indifférent;
mais je ne l'en ai jamais assuré, parce
que je me réservais de m'expliquer lorsque, sous une grille et à l'abri de toutes
persécutions, je pourrais, sans lui faire
connaître l'éloignement et la défiance
que m'inspire la vie qu'il a menée, lui
dire que je ne me résoudrais jamais à
devenir son épouse, parce que, n'ayant
plus toutes les qualités que doit avoir
une femme, ce serait une grâce qu'il me
ferait, et que ce serait pour moi un poids
que j'étais incapable de supporter.

« Au retour du voyage qu'il fit pour

aller au château de M. de Villers, il m'apprit qu'il l'avait trouvé engagé dans une mauvaise affaire, entreprise par le génie qui le porte au mal; qu'il n'était heureusement pas sûr qu'elle tournât comme il le souhaitait; qu'il n'avait pu s'empêcher de lui en montrer l'atrocité, et que cette seconde méchanceté lui faisait désirer de rompre avec lui, ce qu'il ne manquerait pas de faire, sans cependant paraître en avoir le projet.

« Quinze jours après environ, M. de Villers lui ayant écrit qu'il se proposait de revenir à Paris, il le priait de venir encore passer deux ou trois jours avec lui, qu'ils reviendraient ensemble. M. de Laigle fit une seconde absence; et, étant revenu avec mon tyran, il le devança de quelques heures pour me venir annoncer son retour; qu'il était temps de songer à l'expédient dont nous étions convenus; qu'il reviendrait le lendemain de bonne heure, et m'apporterait tout ce qui serait nécessaire pour que tout le

III.   6

monde me crût dangereusement malade.

« Il fut deux jours sans revenir, et sans
que je visse ni lui ni M. de Villers, ni rien
de sa part. Je commençais à prendre de
l'inquiétude : M. de Laigle vint me rassurer. Il n'est plus question, me dit-il, d'être
malade, cette ressource nous reste toujours ; mais un moyen plus prompt vient
à votre secours. L'orgueilleux Villers a
demandé en mariage une fille d'une
naissance distinguée, il a éprouvé un refus positif ; implacable dans ses ven-
geances, il veut l'enlever, non pour la
garder ni pour l'outrager, elle trouverait trop de vengeurs, mais afin qu'elle
soit absente assez de temps pour que
celui à qui elle est accordée y renonce,
ou que son bonheur en soit troublé, et
que, dans les bras d'une épouse chérie,
le doute vienne empoisonner les plus
douces faveurs. Cette infernale concep-
tion est, comme vous le voyez, bien
digne de lui. Ce n'est pas tout : pour

l'exécution de ce beau projet, il a besoin d'une personne qui ait l'air et les manières distinguées; c'est de vous qu'il a fait choix. Votre liberté est à ce prix, la propriété de ce dont vous jouissiez, et deux mille livres de rente.

« — Non, non, jamais; je ne veux ni de lui ni de ses dons. C'est bien assez d'une victime : je ne consentirai jamais au malheur d'une autre, dussai je retomber sous l'empire de ce monstre, et je ne conçois pas comment vous pouvez concilier une semblable proposition avec les sentimens que vous voulez m'inspirer, et auxquels vous voulez que je prenne confiance.

« —Je suis cependant auprès de vous le ministre plénipotentiaire de M. de Villers; et j'ai aussi quelque droit d'être surpris que vous ne pensiez pas que je n'aie pu me charger d'une semblable négociation, qu'avec le dessein de sauver deux personnes à la fois.

« — Ah! pardon! vous me soulagez

d'un grand poids! Je ne pouvais vous
voir sans peine participer à un si criminel
artifice.

« — Sil ne vous eût pas intéressé per-
sonnellement, croyez que je lui eusse
montré tout le mépris qu'il m'inspirait;
mais j'espère que vous rendrez justice à
mon désintéressement en choisissant ce
parti; car je ne me dissimule pas que
vous trouverez, dans la famille de la
demoiselle que vous allez préserver, un
appui aussi respectable que puissant, et
que, si je ne vous ai inspiré aucun intérêt, je m'expose évidemment au malheur de vous perdre; mais je ne veux
vous tenir que de vous-même et de l'estime que j'aurai méritée.

« — Je vous prie de ne point douter,
lui dis-je, de l'estime que m'inspire votre projet, et de tous les droits qu'il
vous donne à ma reconnaissance; mais
veuillez me dire comment vous croyez
l'exécuter. Il me l'expliqua, et je jugeai
qu'il me serait facile, puisque ce serait

lui qui me soutiendrait dans le rôle que je devais jouer, de m'échapper de ses mains, et, au lieu de faire sortir la demoiselle qu'on voulait enlever, de la repousser, et de laisser ses ravisseurs trompés dans leur attente.

« — Vous voyez, reprit-il, qu'il fallait aussi pouvoir compter sur votre courage et sur la fermeté de votre caractère, pour croire à la possibilité de l'exécution.

« — Vous avez raison d'y compter, monsieur; mais si, contre votre espoir et le mien, nos mesures étaient déconcertées, que l'enlèvement eût lieu, que deviendrait cette demoiselle, et que deviendrais-je aussi?

« — J'ai tout prévu. Je suis sûr, quoiqu'il ne me l'ait pas nommée, que la personne dont il s'agit m'est connue. Il faudra arriver dans le lieu où l'on veut la conduire : c'est la maison que vous habitiez. Je sais que son dessein est de ne la garder que quelques heures, et ensuite de la faire reconduire; mais je ne lui en laisserai pas le temps. En reconnaissant une personne dont je respecte la famille, je me déclare son défenseur et en même temps le vôtre, parce que je n'étais engagé envers lui que pour la maison où nous sommes encore, et qu'il est convenu avec moi que, quelle que soit l'issue de son entreprise, vous seriez libre. Ainsi je vous réponds que, sous tous les rapports, il n'aura que la honte de l'entreprise, et que cette affaire n'aura pas d'autres suites. Je le connais assez pour pouvoir vous assurer que ce qu'il préfère à tout, est la conservation de sa personne.

« — Mais, puisque vous croyez connaître cette jeune demoiselle, vous vous exposez à en être reconnu lorsque vous l'enleverez, ce qui me paraît bien dangereux pour vous ?

« — Ce danger n'existera point. Nous serons tous travestis, et nous n'aurons pas plus nos figures ordinaires que nos noms : aucun de nous n'est ici connu

sous le véritable. Vous-même, mademoiselle, ne connaîtrez le mien que
quand vous en serez dehors; et, pour
prévenir tout inconvénient, voici l'a-
dresse de M. Brillon, notaire, dont la
réputation de probité est de nature à
vous inspirer toute la confiance que vous
pouvez désirer. Il est prévenu : en lui
écrivant, il se rendra auprès de vous, et
vous conduira dans telle maison religieuse qu'il vous plaira; si vous prenez
la peine d'aller chez lui, il sera de même
prêt à vous servir. Je lui ai dit que vous
étiez ma parente orpheline, et que,
par délicatesse pour vous, j'avais voulu
mettre entre vous et moi un tiers irréprochable comme lui, et je lui ai laissé,
à tout événement, tous les fonds nécessaires pour vous procurer l'indépendance. Ce ne sera donc que quand vous
serez assurée de votre liberté, que j'es-
pérerai que vous voudrez bien me faire
connaître quel sort vous me réservez.

« Dans l'incertitude des événemens,

je ne pouvais avoir que de la reconnaissance pour un dévouement aussi généreux et si délicat. Je pris l'adresse qu'il
me donnait, et le remerciai avec une
émotion dont je ne pus me défendre, et
qu'il put interpréter en sa faveur; il me
quitta, me disant qu'il craignait de ne
me revoir que le jour de l'exécution.

« Vous savez, monsieur, l'heureuse
issue de cette téméraire entreprise; et
j'ai doublement à rendre grâce au destin d'avoir si heureusement pu être de
quelque utilité à mademoiselle de Buci,
et de m'être acquis la protection de madame la présidente de Senlis. »

Ce fut ainsi que mademoiselle Dupleixe termina le récit de ses malheurs.

CHAPITRE XXX.

Résolution de mademoiselle Dupleixe , approuvée par M le procureur général. Nouvelles de M. le colonel de Senlis.

MADAME de Senlis à qui je rendais un compte exact de tout ce que m'avait dit mademoiselle Dupleixe , et des sentimens de cette infortunée victime , n'avait pas eu besoin d'attendre la fin de son récit pour reconnaître les personnages qu'elle avait désignés , quoique ce ne fût que sous les noms qu'ils s'étaient donnés. Elle en avait fait part à M. le procureur général; tous les doutes se trouvant fixés, ce magistrat avait fait vérifier les faits énoncés par la jeune demoiselle, sans en excepter sa démarche auprès du religieux carme : tout s'étant trouvé de la plus grande exactitude, l'intérêt qu'elle inspirait s'en était accru au point que M. le procureur général attendait avec impatience qu'elle eût fait connaître le parti qu'elle prendrait, pour concourir avec madame la présidente à réparer ses malheurs, de la manière qui lui serait le plus agréable.

Je fus en conséquence chargé de la conduire le jour indiqué auprès de madame de Senlis, qui voulait consacrer la matinée entière à cette importante affaire : il n'était que neuf heures. J'avais pris pour arriver au cabinet de madame la présidente le chemin le plus court, qui était de passer par une galerie très-richement ornée, où étaient tous les portraits de sa famille ; celui de Charles de Senlis s'y trouvait, ainsi que celui de Henri ; le malheur voulut que mademoiselle Dupleixe portât les yeux sur celui de Charles, qui était d'une ressemblance parfaite. Elle jeta un cri aigu , et tomba évanouie à côté de moi; j'ignorais la cause de cet accident, et je ne savais à quoi l'attribuer. Madame de Senlis, attirée par le cri qu'elle avait entendu, vint au secours de cette jeune demoiselle , que, sans avoir recours à aucun domestique, je transportai dans le cabinet, où sa tendre protectrice la reçut dans ses bras, et lui prodigua tous les soins dont elle avait besoin. Lorsqu'elle fut parvenue à lui faire reprendre ses sens, et que cette jeune personne se vit caressée et appelée ma fille, ma chère enfant, elle versa quelques larmes, et demanda pardon à madame de Senlis de lui avoir causé un moment d'alarme; qu'elle avait été si cruellement frappée par un portrait ressemblant à l'auteur de tous ses maux , que le sentiment s'en était réveillé si vivement qu'elle y avait succombé; mais que les bontés dont elle daignait l'honorer, l'avaient rétablie, et lui faisaient regretter d'avoir cédé à une impression produite par le hasard.

S'il eût été possible de douter que le président de Senlis avait été le persécuteur de cette infortunée demoiselle, l'accident qui venait de lui arriver eût achevé de faire connaître l'auteur de ses maux : aussi madame la présidente, sans s'arrêter à cette circonstance qui ne pouvait qu'être affligeante pour elle, dit à mademoiselle Dupleixe : A présent, que vous paraissez remise de votre indisposition, si vous ne craignez pas de vous fatiguer, je serai charmée de connaître à quoi vous vous déterminez ; expliquez-vous sans contrainte, avec toute la confiance que vous auriez pour votre mère : mon dessein est de la remplacer, et de ne mettre aucune borne à tout ce qui pourra contribuer à votre bonheur, et réparer tout ce que vous avez souffert.

— Hélas ! madame, je ne désire qu'un asile où je sois à l'abri de l'oppression et de la vengeance ; car mon ennemi n'a pas le cœur généreux, et il ne fallait pas moins que votre protection pour me rassurer ; je souhaiterais aussi, et vous le pourrez sûrement, faire retirer chez le notaire le titre de la petite rente qui me reste, et que j'abandonnerai au couvent qui voudra bien me recevoir.

— Sans doute, je le pourrai ; mais, lors même que vous ne l'auriez pas, j'ai à m'acquitter envers vous d'un service qui n'a point de prix, et j'espère que vous ne refuserez pas les témoignages de la reconnaissance de deux familles qui vous doivent la conservation de ce qu'elles ont de plus cher.

—Non, madame, non, je ne refuserai jamais ce dont je n'ai point à rougir ; j'ai le cœur reconnaissant, et mon tyran m'eût trouvée telle, s'il eût été réellement pour moi un protecteur.

—Je suis satisfaite, ma chère fille, de vous voir exempte d'une délicatesse qui eût été déplacée dans la position où nous sommes respectivement, parce que même dans un cloître l'aisance donne de la considération, prévient les désagrémens qui se trouvent dans la vie religieuse comme dans le monde, et remédie à une multitude de privations qui deviennent un supplice, quand il faut les supporter toute la vie ; mais je ne consentirai pas que vous preniez ce parti sans réflexion, et je veux avec toute la tendresse que j'ai pour vous, pénétrer dans le secret de votre cœur. Vous avez peint à M. Meslin la conduite d'un homme à qui vous devez votre liberté ; vous lui avez fait connaître les sentimens qu'il a conçus pour vous : vous ne vous êtes point trompée sur son mérite ; car je le connais aussi. Pourquoi n'écouteriez-vous pas des vœux qui, s'ils sont sincères, ne sont pas à dédaigner ? Ce n'est pas sa fortune que je considère, mais ses qualités personnelles seulement ; car, si vous le jugez digne de vous, il ne vous recevrait de mes mains qu'avec une dot qui

pourrait vous faire considérer comme
un parti avantageux, et avec des con-
ditions qui vous mettraient à l'abri des
caprices de la fortune.

— Ah! madame, combien je suis touchée de cet excès de bonté! Je ne connais point d'expressions qui puissent
vous peindre à quel point j'y suis sensible. Mais je ne peux en profiter : M. Meslin, à qui je n'ai rien caché de mes plus
secrètes pensées, a dû vous dire, et s'il
ne vous l'a point dit, il peut affirmer en
ce moment que, malgré tout ce que mérite M. de Laigle, malgré sa conduite
délicate et désintéressée envers moi, je
n'ai jamais cru un instant que je pusse
faire son bonheur, ni qu'il pût faire le
mien. Si je l'eusse connu partout ailleurs
et plutôt, j'aurais pu être séduite par
l'espérance de l'attacher; j'aurais ignoré
la vie licencieuse qu'il a menée, et je
n'aurais pas craint qu'il pût jamais, dans
un moment d'humeur ou de refroidisse-
ment, me dire : Vous oubliez ce que

vous devez à mon indulgence........ Un
semblable reproche détruirait la confiance que j'aurais eue la témérité de
concevoir, et je n'y survivrais pas.

— Je vous trouve trop modeste, ma
chère fille. C'est lui qui a besoin d'indulgence, il le sent, et vous l'a dit : vous
n'avez point eu d'aveu pénible à lui faire.
Il vous regarde, avec raison, comme un
exemple rare de vertu, et vous lui êtes
devenue sacrée par votre malheur même.

— Je ne me dissimule point les titres
que lui donne sa conduite envers moi ;
je le crois même sincère. Mais n'est-il
pas aussi naturel de croire qu'il est dans
l'enthousiasme d'un sentiment nouveau
pour lui ; que, las des plaisirs faciles qu'il
a trouvés dans les désordres où il s'est
livré, et dont il s'était fait un système,
il prend pour un retour sincère à la raison une passion née dans une circonstance bizarre, faite pour plaire à une
imagination brillante et exaltée comme
la sienne.

— Vos craintes peuvent être justes ; mais elles sont en même temps celles d'une raison au dessus de votre âge.

— Ah ! madame, la solitude et le malheur m'ont fait contracter l'habitude de réfléchir : c'est le seul fruit qui me reste de ma captivité ; il ne doit pas être perdu pour moi.

— Cependant M. Meslin, votre ami et votre admirateur, dont je ne crains pas d'être démentie, m'a dit qu'il ne vous croyait pas indifférente aux sentimens que vous avez inspirés, et que vous étiez réellement faite pour convertir un homme aussi spirituel que celui qui a pris à vous tout l'intérêt que vous méritez.

— M. Meslin ne s'est pas trompé, madame. Je n'imagine pas qu'il puisse exister un homme plus éclairé, plus aimable et plus fait pour plaire que M. de Laigle ; mais c'est parce que je sens que je ne l'aimerais pas à demi, que je ne dois pas m'exposer au danger de m'en voir délaissée, et peut-être dédaignée.

III. 7

Le sacrifice de mon penchant en sa faveur est peu de chose, et c'est le seul
que je puisse offrir à Dieu : laissez-moi
jouir de ce faible mérite. Quant à mon
cœur, lui seul sait qu'il est pur, et je n'ai
de lui à craindre ni doute ni reproche.

— Charmante enfant! venez, que je
vous embrasse, que je vous serre sur
mon cœur! Il n'y a point de mère qui
ne s'énorgueillît de vous avoir pour fille.
Je me rends à vos vœux. Un couvent est
d'ailleurs, dans la circonstance, l'asile
qui vous convient; mais je persiste dans
la résolution que vous n'y serez que pensionnaire, jusqu'à ce que vous ayez
éprouvé, au moins pendant un an, votre vocation. Je vous annoncerai moi-
même, comme ma pupille, à la supérieure des Filles du Calvaire, dont le
monastère est dans un beau quartier et
en bon air. Je connais cette supérieure :
vous serez heureuse sous sa domination,
qui est très douce, parce qu'elle a vécu
long-temps dans le monde, et qu'elle

joint à une piété éclairée toute l'aménité qui peut rendre agréable la vie monastique.

—Il ne me manquera plus rien, madame, si vous daignez me permettre de me rappeler quelquefois, du fond de ma retraite, à votre souvenir.

— Je me propose bien d'aller souvent vous voir, et plus souvent encore vous amener dîner avec moi, pour passer ensemble une soirée agréable. C'est une satisfaction dont vous me priverez, sitôt que vous aurez pris le voile : c'est pourquoi j'en veux reculer l'époque. Nous allons commencer aujourd'hui à vous faire essayer si le plaisir d'être avec vos amis mérite quelque sacrifice. Ma belle-fille dîne chez madame la comtesse de Buci; nous ne serons que nous trois. Il faut aller faire notre toilette pour plaire à M. Meslin.

— Nous allions nous séparer au moment où l'on vint annoncer M. Brillon, notaire, qui priait madame la présidente

de vouloir bien le recevoir. — Priez-le
d'attendre un moment, dit-elle au domestique.

— Je ne connais pas ce notaire : il me
semble cependant que son nom ne m'est
pas inconnu.

— Ah! madame, c'est celui dont M. de
Laigle m'a donné l'adresse, afin que je
pusse m'adresser à lui pour me conduire
dans telle retraite que je voudrais choisir. Comment peut-il savoir que je sois
chez vous?

— M. de Laigle n'a pu ignorer que
c'était chez moi que vous vous étiez sau-
vée, et que sûrement vous y aviez trouvé
des amis qui se feraient un bonheur de
vous garder. Mais, voyons ce que veut
M. Brillon, et elle donna l'ordre de l'in-
troduire.

M. BRILLON.

Madame, je vous prie d'excuser la
liberté que je prends de vous interrom-

pre. Je suis chargé d'une affaire qui concerne une jeune personne nommée mademoiselle Dupleixe ; je n'ai pas cru devoir me permettre de parler, sans votre aveu, à une demoiselle qui demeure chez vous.

MADAME LA PRÉSIDENTE.

La voici devant vous, monsieur, et elle est libre de vous recevoir dans son appartement, si vous le désirez.

MADEMOISELLE DUPLEIXE.

Je n'ai point d'affaires, madame, qui puisse être un mystère pour vous, et je prie monsieur de vouloir bien s'expliquer ; autrement je serais obligée de me refuser à tout entretien particulier.

M. BRILLON.

Je viens vous dire, mademoiselle, que je suis dépositaire d'une somme de

soixante mille livres, qui vous appartient, et que je suis prêt à vous remettre, ou à employer, d'après vos ordres,
et aussi que j'exécuterai moi-même tous
ceux qu'il vous plaira de me donner pour
votre utilité et votre tranquillité personnelles.

MADEMOISELLE DUPLEIXE.

Je vous remercie, monsieur, de la
peine que vous avez bien voulu prendre;
je vous prie d'être persuadé que s'y suis
très-sensible. Quant à la somme que
vous voulez mettre à ma disposition, je
vous déclare qu'elle ne m'appartient
point et que je n'en disposerai jamais,
non que je sois indifférente à celle gé-
néreuse disposition; mais dans l'heureuse position de n'en avoir nul besoin,
je n'ajouterai point inutilement une
nouvelle obligation à celle plus importante que j'ai déjà; c'est de celle-là,
monsieur, que je vous prie de vouloir

bien dire que je conserverai le souvenir jusqu'à mon dernier soupir ; je vous prie aussi, monsieur, d'être persuadé que si j'avais eu besoin d'avoir recours à vous, je me serais abandonnée à vos soins avec toute la confiance que je sais que vous méritez.

M. BRILLON.

Quelque plaisir que j'aye pu avoir, mademoiselle, à justifier votre confiance, je suis encore plus satisfait, pour votre intérêt, de voir que vous n'en ayez pas besoin : c'est un sentiment que je me permets de vous faire connaître ; il est dicté par l'intérêt que vous inspirez. Mais s'il est heureux de céder mon faible appui à la protection plus puissante et plus honorable de madame la présidente, je n'en suis pas moins redevable envers vous de soixante mille livres, dont j'ai donné ma reconnaissance comme de chose vous appartenant. Ainsi, mademoiselle, j'en resterai forcément dépositaire.

MADAME LA PRÉSIDENTE.

Ce dépôt, monsieur Brillon, ne peut être entre les mains d'un plus honnête homme. Je crois que vous ne devez pas en être embarrassé, et qu'il est vraisemblable que le moment viendra où vous en serez débarrassé.

M. BRILLON.

Je l'attendrai, madame. Veuillez, je vous prie, agréer mon hommage respectueux.

Madame de Senlis nous renvoya, après le départ de M. Brillon, à la destination qu'elle nous avait donnée avant sa visite, mais ne laissa point sortir mademoiselle Dupleixe sans l'avoir louée sur la conduite qu'elle venait de tenir, et surtout de ce qu'elle avait répondu.

Mademoiselle Dupleixe se trouvait si

heureuse de l'estime que lui témoignait
madame la présidente, et de se voir,
sous sa protection, à l'abri de tous dangers, qu'elle témoigna avec tant de naï-
veté et de grâce les sentimens qu'elle
éprouvait, que nous concourûmes à
l'envie à lui faire développer les heureux dons qu'elle avait reçus de la nature, et les talens qu'elle avait cultivés.
Nous fûmes enchantés de sa voix, et de
sa brillante exécution sur le clavecin ;
et madame de Senlis, en nous annonçant qu'elle allait nous quitter pour une
course indispensable, ne put s'empêcher
de dire qu'il était malheureux de voir
tant de talens et de mérite s'ensevelir
dans un cloître.

La jeune demoiselle, restée avec moi,
m'exprima avec encore plus de liberté
tout ce qu'elle éprouvait. Je me trouve
si heureuse, me dit-elle, de me retrouver avec des personnes auxquelles l'honneur est cher, qu'il me semble que je
commence une nouvelle existence. Je

III. 8

vous dois en partie ce bonheur, monsieur ; car, avec une dame d'une aussi
haute vertu que celle de madame de
Senlis, il a fallu, quelque irréprochable
que je sois, lui présenter mes malheurs
avec toute la bonté et toute la délicatesse
dont vous êtes capable, pour la disposer
à la faveur distinguée dont elle m'ho-
nore : et du sincère intérêt que j'ai eu
le bonheur de vous inspirer, je conçois
l'espérance que vous ne m'oublierez
pas, et que j'aurai souvent le bonheur
de vous voir, et d'être éclairée de vos
conseils. Je l'assurai que je ne cesserais
jamais d'être son ami, et de le lui prouver. Nous nous entretînmes ensuite de sa
prochaine retraite, dont j'étais loin de
la détourner, et de tout le calme dont
elle allait jouir. Nous avions long-temps
parlé sur cette prochaine destination, le
retour de madame la présidente n'y
changea presque rien. .

Je viens, mon aimable enfant, dit-
elle à mademoiselle Dupleixe, de voir

l'ami respectable que j'ai consulté lors
de l'événement qui vous a conduite dans
ma campagne. Il est de votre sentiment
sur le parti que vous voulez prendre ;
mais il pense, comme moi, qu'on ne sau-
rait réfléchir trop long-temps sur un engagement qui ne finit qu'avec la vie. Vous
ne vous présenterez donc que comme
pensionnaire libre, et vous ne parlerez de
noviciat et de prise d'habit que dans un
an : me le promettez-vous ?

— Je vous promets, madame, d'être
en tout soumise à vos volontés.

—Cela est fini, je sortirai demain
matin ; et, après dîner, je vous condui-
rai, avec ma belle-fille et M. Meslin, aux
Dames du Calvaire. Allez vous reposer.

J'allais me retirer; madame la présidente me retint. Il faut que vous sachiez,
me dit-elle, que M. le procureur-général est absolument de l'avis de la jeune
personne, relativement à M. de Riveri;
car nous ne pouvons pas douter qu'il ne

soit le même que M. de Laigle. Il pense
que, relativement à elle, sa délicatesse
est fondée, et qu'elle ne peut être ni son
épouse ni celle d'aucun autre, mais de lui
encore moins, parce que, dit-il, le cœur
d'un libertin est inexplicable, et que les
retours à ses habitudes criminelles sont
toujours à craindre. Ainsi cette inno-
cente fille est perdue pour la société,
dont elle fait l'ornement par ses charmes
et par ses vertus. Au surplus, ce Riveri,
auquel j'aurais pris confiance, d'après sa
conduite envers celle qu'il paraît aimer
sincèrement, est actuellement un grand
personnage dont nous avons ignoré les
progrès. Il a été un instant maître des
requêtes; il vient de se défaire de cette
charge pour remplir les fonctions de
conseiller-d'état, auxquelles il a été ap-
pelé par l'estime que M. le chancelier a
conçu de ses talens. Son âme active, dit
aussi M. le procureur-général, embrasse
tout; il a tous les genres d'esprit, toutes

les connaissances qui constituent l'homme d'état ; mais quel abus ne peut-il pas
en faire , d'après son mépris connu pour
les anciennes opinions, l'irréligion et
l'immoralité dont il fait profession ?

Voilà bien assez de nouvelles pour un
jour ; je vous souhaite le bonsoir, et
vous invite à aller vous reposer, car demain j'aurai besoin de votre aide pour
votre aimable protégée.

Je trouvai en rentrant dans ma chambre une grosse dépêche à mon adresse,
que je m'empressai d'ouvrir en reconnaissant l'écriture de mon cher Henri ;
il y avait une lettre pour son épouse et
une pour sa mère ; je les fis porter
toutes deux à madame la présidente, en
échange des nouvelles qu'elle venait de
me donner. Jusqu'à ce jour je n'avais
reçu du chevalier que de courtes répon-
ses à toutes celles que je lui avais adressées, et dans lesquelles il me priait d'être
son interprète envers sa mère et sa fem-

me, son devoir ne lui laissant pas un instant de libre pour pouvoir s'en acquitter comme il le souhaitait. Dans celle-ci,
il entrait avec moi dans le plus grand
détail, m'annonçait qu'il était parvenu
à rétablir l'ordre et l'activité dans toutes
les parties du service, sans avoir déplu
aux chefs des corps, dont il croyait avoir
obtenu l'estime : sa lettre était datée du
Hâvre, où il devait être encore retenu
pendant quinze jours; qu'avant de passer de là à Dieppe, il se proposait de
s'échapper pendant quatre à cinq jours
pour venir à Paris embrasser sa mère et
son Eugénie; qu'il passerait par Rouen,
pour revoir ses anciens camarades et son
ami M. le chevalier de Lastic.

Avant de me permettre de prendre
le moindre repos, je me fis un plaisir de
lui répondre que rien ne pourrait nous
être plus agréable que de le voir, ne
fût-ce que pour une heure; qu'il aurait,
en revoyant sa charmante épouse,

le bonheur d'apprendre d'elle qu'elle croyait avoir auprès de lui un titre de plus ; que nous le souhaitions tous, et que ce gage de sa tendresse semblait devoir être pour nous celui d'un bonheur désormais exempt d'orages.

CHAPITRE XXX.

Entrée au couvent. Courte apparition
du chevalier de Senlis. M. de Riveri
paraît à découvert.

Dès huit heures du matin madame la
présidente était sortie : à son retour elle
me dit que tout était arrangé pour la
belle Sophie ; qu'elle aurait un joli logement de deux pièces et un cabinet ;
que le tapissier avait déjà reçu l'ordre de
les meubler de tout ce qui pouvait être
agréable et commode, afin que tout fût
prêt à trois heures au plus tard ; que mademoiselle Dupleixe aurait la même table
que madame la supérieure, et, quand
elle voudrait, la liberté de se faire servir
chez elle ; qu'elle me priait de passer

dans la matinée chez son tapissier, pour
m'assurer si ses ordres avaient été exécutés; que dans les courses que j'allais
faire avec madame de Senlis, sa belle
fille, je me trouverais sûrement à portée
d'y faire arrêter un instant.

La jeune madame de Senlis me pro-
mena chez tous les marchands de baga-
telles utiles aux dames, soit pour travaux
à l'aiguille, broderie au tambour et mé-
tiers de tapisserie, qu'elle voulait donner à celle qu'elle appelait sa divinité
protectrice; elle y joignit un nécessaire
en vermeil, dans lequel elle cacha un
rouleau de louis; enfin un porte-feuille
et un choix de musique des plus habiles
compositeurs : ces emplettes faites, nous
nous fîmes mener chez le tapissier; il
ne restait plus à transporter que le se-
crétaire et un chiffonnier de même forme, dont nous approuvâmes le choix;
madame de Senlis laissa à ce tapissier le
soin de faire aussi transporter toutes ses
emplettes, excepté le petit nécessaire

qu'elle se réservait le plaisir de donner elle-même.

Au retour, nous dînâmes en famille, c'est-à-dire, que nous eûmes avec nous madame la comtesse de Buci, et ce fut avec cet honorable cortège que mademoiselle Dupleixe fut vers les cinq heures au monastère des dames du Calvaire.

Madame la supérieure vint nous recevoir au parloir; madame la présidente lui présenta sous le titre de sa pupille mademoiselle Dupleixe, en la prévenant que personne qu'elle ou moi n'aurait le droit de la venir demander pour la faire sortir. Après qu'on eut dit tout ce qui se dit en pareille circonstance, il fallut se disposer à passer la porte de clôture; nous y conduisîmes la nouvelle pensionnaire; avant de la passer, madame de Senlis lui donna le nécessaire, qu'elle la pria d'accepter comme un faible témoignage du souvenir qu'elle conserverait d'elle. Alors mademoiselle Dupleixe se tournant vers ces dames, leur dit : On se réjouit ordinairement en entrant au port ; mais je perds courage, puisqu'il faut me séparer des généreux navigateurs qui m'y ont conduite. Pas encore, chère enfant, s'écria madame la présidente que son cœur guidait toujours à propos ; nous allons vous installer, et nous viendrons souvent vous voir ; votre bon ami M. Meslin va nous attendre dans mon carrosse. Je ne me le fis pas répéter, et m'éloignai à grands pas, pour cacher que je n'étais pas exempt d'un peu de faiblesse.

J'attendis plus d'une demi-heure ; elles revinrent toutes en larmes, et je me gardai bien de combattre une sensibilité que je partageais.

Madame la présidente y retourna le lendemain, comme elle l'avait promis ; elle y resta long-temps, et à son retour elle me dit qu'elle avait eu une peine infinie à se séparer de cette aimable fille ; que plus elle la voyait, plus elle acqué-

rait de droits à son estime ; et qu'elle
était pénétrée d'un regret inexprimable
en sentant qu'elle ne pouvait, quelque
chose qu'elle fît, réparer le tort qu'on
lui avait fait.

J'applaudis à un sentiment qui était
aussi le mien, et je vis avec plaisir qu'il
me conduirait souvent au parloir des religieuses du Calvaire ; on verra que je
ne me trompais pas, et que j'aurai encore plusieurs occasions de parler de
l'intéressante pensionnaire; je ne la quitte
même en ce moment que pour dire
qu'une nouvelle lettre du chevalier con-
firma l'espérance que nous avions de le
voir un jour ou deux à Paris, sans cependant nous indiquer précisément celui où il arriverait ; l'intervalle en fut
rempli par une constante assiduité de
madame la présidente auprès de sa pensionnaire. Dix jours s'étaient écoulés,
lorsqu'elle me montra son portrait en
miniature, en me demandant comment
je le trouvais.

— D'une exacte ressemblance, madame, et d'une touche délicate.

— J'en suis charmée, car il vous est
destiné par le peintre.

— Ah! je le reconnais; on voit que
le cœur guidait son pinceau : il me sera
doublement cher.

— N'ai-je pas mille raisons d'aimer
cette fille, aussi extraordinaire par ses
talens que par ses vertus ?

— Oui, madame.

— Ce n'est pas tout. M. le procureur
général, à qui j'ai montré cette peinture, désire voir l'artiste, et obtenir son
portrait peint par elle-même. Il faut,
mon cher M. Meslin, que vous alliez la
voir; que vous la prépariez à recevoir
cette visite, que je lui menerai : dites-
lui bien que c'est le protecteur qui, plus
puissant que moi, a veillé à sa sûreté,
et qui en est pour toujours le garant;
qu'elle a obtenu toute sa bienveillance;
qu'il suffira de la voir pour qu'il y prenne

un plus vif intérêt; mais qu'elle ne peut trop faire pour la mériter.

Je m'étais acquitté de cette importante commission auprès de mademoiselle Dupleixe; la visite annoncée fut retardée par l'arrivée du chevalier, il nous fit tout oublier. Les deux jours qu'il avait à nous donner passèrent comme un songe. Il serait impossible d'exprimer son ravissement quand il fut assuré par sa mère et sa belle-mère qu'il ne reviendrait de son inspection militaire que pour avoir le bonheur de serrer dans ses bras un gage de son amour. Rien ne pouvant plus gêner l'expression d'un sentiment si cher, il s'y livra sans réserve; mais il se montra toujours supérieur aux faiblesses du cœur lorsqu'il fallu retourner à son devoir; c'était dans ces occasions que je redevenais son confident. Toutes les mesures furent prises entre lui et moi pour qu'il pût partir au milieu de la nuit, et ce fut de la chambre de son Eugénie, et pendant son sommeil, qu'il s'échappa pour venir reprendre ses vêtemens qui avaient été apportés dans mon cabinet; et à deux heures il monta en voiture pour se rendre à Dieppe. Il me prévint qu'il croyait devoir être encore absent trois ou quatre mois, sans pouvoir assurer qu'il pût trouver encore le moment de venir nous faire une courte visite.

Je fus traité, le lendemain, comme un conspirateur, presque comme un traître, par la jeune dame et par ses deux mères, qui étaient affligées de n'avoir pu jouir jusqu'au dernier moment de la présence d'un fils et d'un époux si cher : elles finirent cependant par convenir que je leur avais évité les tourmens d'une séparation à laquelle il eût toujours fallu se résigner.

Madame la présidente ne tarda point à céder au penchant qui l'entraînait vers la belle Sophie, qu'elle voulait voir avant de lui amener M. le procureur-général.

Elle la trouva très-occupée d'une lettre qu'elle avait reçue, et de la réponse qu'elle avait été obligée d'y faire, parce que le domestique qui l'attendait avait dit qu'il avait ordre de ne point revenir sans une réponse.

Voici ces deux lettres :

MADEMOISELLE,

« Je vous ai promis de me faire connaître aussitôt que vous seriez libre et dégagée de tout ce qui pouvait rappeler des souvenirs pénibles; ma signature, au bas de cette lettre, satisfait à cette promesse.

« Vous ne serez pas surprise que votre retraite me soit connue; dans les maisons de personnes qualifiées, telle que celle de votre protectrice, rien de ce qui se fait ouvertement ne peut rester caché à ceux qui ont intérêt à le savoir. Je n'ai donc point tardé à en être informé; et j'en profite pour vous féliciter

de ce que vous êtes enfin dans l'asile qui
était l'objet de vos plus chers désirs, et
que moi-même j'avais promis et résolu
de satisfaire.

« Mais, de ce que le mérite de l'exécution m'est ravi, en est-il moins vrai
que j'aie concouru avec zèle et avec
confiance à vous mettre à portée d'acquérir de nouveaux et puissans amis,
dont je prévoyais que vous obtiendriez
le plus vif intérêt aussitôt qu'ils vous
auraient vue ?

« Ah ! je n'en puis pas douter, je suis
au nombre des objets que vous vouliez
fuir, et qui ne vous ont inspirés que de
l'aversion ; autrement vous auriez accueilli l'honnête M. Brillon, et vous
n'auriez pas rejeté les moyens d'indépendance qu'il mettait à votre disposition, et qui n'étaient point incompatibles
avec la protection de madame la présidente, protection précieuse, et dont je
pense bien que votre cœur connaît tout
le prix.

III.   9

« Daignez, mademoiselle, faire cesser mes craintes. Je vous renouvelle l'offre d'attacher ma destinée à la vôtre : mon bonheur présent et futur dépend de vous. Je connais trop la supériorité de votre esprit, pour rien espérer des petits moyens qui réussissent auprès des femmes ordinaires. C'est donc à votre esprit que je m'adresse, c'est lui qu'il faut persuader ; et, pour y parvenir, je sollicite la faveur d'être quelquefois admis auprès de vous.

« Je sais qu'il est des convenances nécessaires, indispensables même : je suis loin de vouloir les blesser ; je me soumettrai à toutes les épreuves, à tous les délais que vous voudrez m'imposer, lorsque vous m'aurez donné l'espoir de vous obtenir.

« Ne m'opposez plus, je vous en conjure , l'obstacle que j'ai tant de fois combattu. Souvenez-vous, je vous le rappelle à regret, qu'après avoir été opprimée par l'orgueil, vous ne seriez pas moins injuste à votre tour, parce qu'une fausse et orgueilleuse délicatesse est aussi une oppression.

« Dévoué entièrement à vous, résolu à imiter vos vertus, à les prendre pour règles de mes sentimens et de ma conduite, je n'ai plus à vous exprimer que le vœu d'en être jugé digne.

De Riveri,
conseiller-d'état.

Paris, le *** 1754.

Monsieur,

« Le porteur de votre lettre ne voulant point s'en aller sans emporter une réponse, je m'empresse de faire tout de suite ce qui demandait plus de temps : vous voudrez donc bien excuser s'il s'y trouve peu d'ordre.

« J'ai accueilli M. Brillon comme je le devais, et je n'ai refusé ce qu'il m'offrait, comme m'appartenant, que, par la rai-

son toute simple, que ç'aurait été mul-
tiplier mes obligations sans nécessité :
ne vous en ai-je pas de plus importantes,
et n'est-il pas impossible que vous dou-
tiez de ma reconnaissance ?

« Vous me renouvelez, monsieur, des
propositions honorables et brillantes :
vous allez connaître toute l'importance
que j'y attache.

« Libre maintenant d'exprimer mes
sentimens, ne pouvant plus être soup-
çonnée de vous ménager pour l'intérêt
d'une liberté que je vous dois, et dont
je jouis, je vous avouerai sans détour et
sans vaine affectation, que j'ai été aussi
sensible que vous pouviez le désirer à
la proposition d'attacher votre sort à
celui d'une infortunée sans appui, et
réduite au dernier degré du malheur.

« A cet aveu, j'en ajouterai un non
moins vrai : c'est que, dans une position
heureuse, même avec une naissance et
une fortune égale à la vôtre, je serais
aussi fière de votre choix que j'en suis

touchée, parce qu'il ferait mon bonheur, si je pouvais y répondre. N'en ti-
rez cependant point la conséquence que
j'aie renoncé, et que je puisse jamais
renoncer au principe qui s'oppose à ce
que j'accepte l'honneur que vous voulez
me faire, parce qu'il n'a pas moins pour
objet votre intérêt que le mien, c'est-à-
dire la considération qu'on doit à l'opinion publique, qui ne pourrait manquer
de vous faire sentir le tort d'avoir contracté une union inconvenante sous tous
les rapports.

« Ne taxez donc plus d'orgueil une
délicatesse qui, loin d'être une tyrannie,
doit au contraire vous prouver toute la
sincérité de ma reconnaissance, et combien je regrette de ne pouvoir partager
les sentimens que j'ai eu le bonheur de
vous inspirer.

« Je crois, monsieur, que d'après cet
aveu sincère de tous mes sentimens,
vous sentirez que ce serait inutilement
que vous me feriez demander à la grille

de mon couvent; les ordres les plus po-
sitifs vous feraient éprouver des refûs
constans; et si votre persévérance à
vous y présenter, m'exposait à quelques
observations de la part de la supérieure,
vous me réduiriez à fuir dans une province éloignée, et à me priver du bonheur de voir une protectrice, ma seule
consolation.

Adieu. Ne m'en veuillez point; n'oubliez jamais que je vous dois une nouvelle existence; et que j'aurais voulu
vous la consacrer, et que, ne pouvant
être à vous, je ne serai jamais à personne.

« SOPHIE DUPLEIXE. »

Mademoiselle Dupleixe présenta, en
tremblant, à madame la présidente, la
lettre qu'elle avait reçue, et la copie de
la réponse qu'elle y avait faite. Elle en
prit lecture; et voyant que cette demoiselle pleurait, elle lui demanda le sujet
de ses larmes.

— Je crains, madame, d'avoir répondu avec trop peu de réserve. Cette lettre n'a pas été plutôt partie, que j'aurais voulu la retenir. Je me suis livrée au premier moment; je voulais tout dire, et sûrement j'en ai trop dit.

— Vous avez été sincère, vous avez bien fait. Il est tout simple que vous soyez sensible au mérite d'un homme qui en a autant que M. de Riveri, et auquel vous devez de la reconnaissance; en le lui avouant, vous satisfaites son amour-propre, si par malheur pour lui il n'avait que cela; mais je le crois sincère. Vous avez fait en outre tout ce que vous vous deviez à vous-même, et je vous approuve, mon enfant: car la vertu n'est pas de résister à celui qui n'inspire rien, mais à celui qui a su toucher le cœur. Croyez qu'il connaît trop bien les convenances pour devenir importun; il va mettre de la réforme dans ses mœurs pour parvenir à vous déterminer; et si vous devenez la cause de sa conversion, ce sera lui qui vous aura obligation.

— Ah! madame, vous me délivrez d'un grand poids!

— Voulez-vous me confier ces deux lettres? Je serais bien aise de les montrer à votre ami, M. Meslin.

—Je n'ai rien à vous refuser, madame.

Elle les donna à madame la présidente, qui voulait les montrer aussi à M. le procureur-général. Il les avait lues, quand elle rentra. Elle me dit que ce magistrat avait approuvé la conduite de mademoiselle Dupleixe; qu'il n'était pas surpris que M. de Riveri eût conçu de la passion pour une fille de ce mérite, parce qu'il avait trouvé en elle une vertu à laquelle il ne croyait point; et que, si on pouvait se fier à la réforme d'un homme tel que lui, il serait le premier à combattre la trop juste délicatesse de mademoiselle Dupleixe; qu'il fallait voir, et se guider d'après les événemens; enfin, il désire si vivement de la connaître, que nous sommes convenus qu'il viendrait me faire visite demain après dîné, et qu'il la trouverait chez elle, ce qu'elle avait cru plus convenable que de le conduire au parloir d'un couvent; enfin, que dans le cours de cette visite, elle avait su qu'il n'y avait plus rien à craindre de M. le président; qu'avec mystère il s'était arrangé d'une petite fille destinée à danser sur l'un des théâtres du boulevard; qu'il l'avait logée dans la maison dont on a déjà parlé, située aux environs de la rue de Vaugirard; que là, il vivait dans son petit ménage, persuadé que personne n'en savait rien; qu'il affectait une réforme rigoureuse; qu'il avait rompu avec tous ses amis de plaisir, qui, par conséquent, cessaient d'être dangereux, puisqu'ils n'avaient plus de point de réunion, et que leur chef, M. Riveri, avait renoncé plus sincèrement qu'aucun d'eux aux déré-

III. 10

glemens dont il avait donné l'exemple;
que sa campagne était louée, et qu'il
s'en tenait à la maison qu'il habitait à
Paris, où, entièrement livré aux affaires,
il ne s'occupait que de celles dont il était
chargé.

Ce fut moi qui, le lendemain, allai
chercher mademoiselle Dupleixe. M. le
procureur-général vint, dans l'après-
dîné, comme il se l'était proposé. Madame de Senlis lui présenta cette demoiselle comme l'aimable pupille à laquelle
il s'était intéressé. Il ne manqua pas de
dire tout ce qui convenait à l'égard d'une
personne dont il voulait obtenir une
complaisance qui sortait de la mesure
ordinaire. Après un intervalle assez considérable, il demanda à revoir le portrait
de madame la présidente; et, après
avoir loué l'artiste avec délicatesse et en
connaisseur, il ajouta : Je donnerais
beaucoup pour avoir son portrait fait
avec le même soin; j'ai réuni dans u
cabinet particulier les portraits de toute

les personnes qui m'ont intéressé par leurs talens ou par leurs qualités estimables, celui-là compléterait ma collection.

Je ne vois, dit madame la présidente, aucun inconvénient à ce que mademoiselle satisfasse ce désir; vous êtes pour elle ce qu'aurait été M. le président de Senlis, s'il eût vécu.

— Oui, madame, et ce sera un bien faible témoignage de ce que je dois à monsieur; mais ce sera un coup d'essai; je n'ai jamais songé à me peindre moi-même, je ne peux répondre que du désir que j'ai de réussir.

Elle réussit en effet; et, pour ne plus revenir sur ces détails, je dirai tout de suite que le portrait eut tout le charme du modèle, et que, quand M. le procureur-général le reçut, il demanda à mademoiselle Dupleixe de lui confier sa main un moment. Il mit à son doigt un beau brillant, en lui disant que c'était le signe de l'engagement qu'il prenait de

concourir, avec madame de Senlis, à
tout ce qui pourrait assurer son bonheur.

Pendant que ceci s'était passé, madame de Senlis avait reçu un paquet
cacheté, à son adresse, dans lequel il ne
se trouva que le contrat de la rente appartenant à mademoiselle Dupleixe, avec
une note d'une écriture inconnue, qui
prévenait que rien des arrérages de cette
rente n'avait été payé depuis la date du
contrat.

A quelque temps de là, cette demoiselle avait aussi reçu une lettre de M. de
Riveri, dans laquelle il exprimait, avec
la chaleur et la délicatesse dont il était
capable, le bonheur que lui avait fait
éprouver la réponse qu'elle avait bien
voulu lui faire. Sans s'arrêter à combattre les motifs du refus qu'elle lui opposait,
il paraissait ne les attribuer qu'à lui-
même, en ajoutant qu'il ne se dissimu-
lait pas de combien de craintes elle devait être agitée; qu'il n'avait que trop

donné lieu à des préventions défavorables; mais qu'il ne perdrait qu'avec la vie l'espoir de les faire disparaître, et qu'il se flattait, avec le temps, d'avoir aussi en sa faveur le conseil des personnes distinguées, dont elle avait obtenu l'estime et les témoignages de l'intérêt le plus flatteur.

De ce moment jusqu'au retour de M. le chevalier de Senlis, il ne se passa rien qui mérite d'être rapporté ; je me hâte donc d'arriver à cet instant que nous désirions tous.

CHAPITRE XXXI.

Retour du chevalier de Senlis. Nouveau
personnage ; intérêt qu'il inspire.

L'INSPECTION dont était chargé M. le
chevalier de Senlis le retint beaucoup
plus long-temps qu'il ne s'y était attendu;
et quand il fut rendu à nos vœux, il re-
trouva sa jeune épouse très - avancée
dans sa grossesse et jouissant d'une si
bonne santé que ses charmes, loin d'être
altérés par sa situation, n'en paraissaient
que plus touchans.

Après deux jours de repos, il alla sa-
luer M. le comte d'Argenson, et lui
rendre compte de quelques circonstances particulières, qu'il n'avait pu confier à
la correspondance qu'il avait tenue avec

lui, parce que les lettres qui concernent le service passent nécessairement sous les yeux des employés dans les bureaux.

Il reçut de ce ministre l'accueil le plus favorable : Vous avez servi le Roi, lui dit-il, comme vous le deviez, et même au delà de ce que je devais attendre d'un officier aussi jeune que vous l'êtes ; il est juste que je songe aussi à vous servir : vous recevrez incessamment l'ordre de lever un régiment qui portera votre nom. Pour vous faciliter les moyens de le compléter, je ferai mettre à votre disposition cinq cents hommes de recrue dont le dépôt est à Saint-Denis, où ils sont exercés par quelques sous-officiers instruits, que sûrement vous conserverez : quant aux officiers, ils seront à votre nomination, même ceux que je vous recommanderai, afin que tous vous aient obligation, et qu'ils vous en soient plus attachés.

Cette augmentation dans les troupes françaises n'était pas la première qu'eût

faite ce sage ministre; après avoir d'abord
complété tous les corps qui s'étaient trouvés réduits pendant la guerre, il avait profité depuis 1748 du calme de la paix pour
se tenir prêt à repousser les ennemis de
la France : on verra bientôt combien sa
prévoyance était louable.

Le chevalier, devenu par cette disposition colonel en pied, trouva facilement dans ses propres moyens de quoi
recruter son régiment ; car il avait, depuis son entrée au service, vécu avec
une grande modération.

De tous ceux qu'il mit en usage le
plus fécond fut dû aux soins de Deslandes
qui avait été envoyé sur sa terre en
Touraine, pour seconder le vieux ré-
gisseur. Cet homme qui avait justifié les
bontés du chevalier par sa bonne conduite, avait épousé la fille d'un fermier
qui avait ajouté à son bien-être, et il
était, comme son maître, dans l'espérance
de se voir bientôt père.

Aussitôt qu'il sut ce qu'on désirait de lui, il s'y employa avec tant d'ardeur qu'il recruta dans la terre du chevalier et dans les villages voisins soixante hommes choisis, qui tous vinrent prendre les ordres de leur colonel; les autres furent trouvés dans différentes provinces, où l'on avait envoyé des hommes entendus en ce genre ; et le premier bataillon était au delà du complet, lorsque M. le colonel fut détourné de ces graves occupations pour recevoir dans ses bras un nouveau serviteur du Roi, qu'au moment de sa naissance il nomma Eugène du nom de sa mère, comme la vive expression de sa reconnaissance envers l'épouse adorée à qui il devait un gage si précieux de son amour.

La joie de la famille fut une véritable ivresse : comment en blâmer l'excès, lorsque moi-même je sentis couler des pleurs de joie? Au moment où l'on me présenta ce rejeton de l'homme le plus cher à mon cœur, mon émotion devint si vive que je craignis qu'il n'échappât de mes tremblantes mains, et je me hâtai de le remettre dans celles de madame la présidente.

Cette tendre mère en fut la marraine et M. le comte de Buci le parrain : au nom d'Eugène donné par son père, madame la présidente ajouta celui de Henri, et M. le comte de Buci celui de Louis. Après les jours de plaisir occasionnés par cet événement, le colonel retourna à son régiment, qui par une singulière faveur avait pour garnison Beauvais, d'où l'on pouvait revenir en moins de dix heures.

Les années de calme dans l'histoire des particuliers comme dans celle des peuples n'intéressent que le petit nombre de personnes raisonnables qui préfèrent pour elles les douceurs de la paix, et savent apprécier le mérite d'un souverain pacifique qui ne règne que par les lois, et qui fait fleurir les sciences, les arts et l'agriculture. Nous étions dans cet état de tranquillité que rien ne semblait devoir troubler, ou qui ne l'était que par le souvenir de nos malheurs passés, dont les traces profondes ne pouvaient être effacées.

Cependant des craintes de guerre commençaient à se répandre, et s'accréditaient, sans qu'aucune menace, sans qu'aucune hostilité y donnassent la moindre apparence.

Dans le même temps, M. de Riveri que son mérite destinait à monter aux postes les plus importans, qui déjà fixait sur lui les yeux de l'envie, se vit arrêté dans sa carrière, lorsqu'une conduite exemplaire et soutenue lui avait concilié l'estime de tous ceux qui s'étaient bornés à l'admirer. Cet homme si intéressant fût affligé par une éruption hideuse, qui se porta principalement aux mains et au visage. Il se pressa trop de faire disparaître les traces de ce mal qui l'attaquait dans la partie la plus apparente , et dont il était d'autant plus affecté qu'elle était en lui un agrément qui entraînait la persuasion avant qu'il eût parlé.

~~~~~~

CHAPITRE XXXII.

———

La fin du repos. Guerre déclarée. Départ. Evénemens qui le précèdent.

Nous fûmes tirés de la sécurité trompeuse dans laquelle nous avions vécu par la guerre que nous firent les Anglais sans l'avoir déclarée. Le chevalier de Senlis s'attendait à marcher en Allemagne où son ami M. le chevalier de Lastic était déjà. Le sort en décida autrement; il apprit du ministre qu'il était destiné à passer en Canada pour y servir sous les ordres de M. le maréchal-de-camp de Montcalm, nommé commandant en chef des troupes françaises dans l'Amérique; qu'il était désigné à cet officier général comme un des hommes les plus

capable de le seconder dans une guerre
difficile, qu'il fallait pour remplir ses
vues que son corps réunît tous les
moyens d'attaque et de défense; qu'il
allait être augmenté d'un bataillon où
se trouveraient des compagnies de chas-
seurs et d'artilleurs, et qu'il prendrait
le nom de légion du Canada; qu'enfin
il fallait qu'il se mît en état de devancer
l'arriver de M. de Montcalm à Québec;
que le lieu d'embarquement de sa légion était le port du Hâvre.

Du jour où ces ordres furent donnés
au chevalier jusqu'à celui où sa légion
pût être complétement organisée, il s'é-
coula encore plusieurs mois pendant
lesquels il eut l'honneur de voir son général, de recevoir ses instructions, et
de justifier la haute opinion que M. le
comte d'Argenson, avait donnée de lui.
L'époque du départ vint enfin; il fallait
se séparer d'une épouse devenue en-
ceinte pour la seconde fois, d'un fils
objet des plus douces espérances, d'une

mère tendre, et qui s'efforçait envain
de cacher ses alarmes. Cette séparation
eût eu cependant une teinte moins triste
si, dans le même temps une lettre du ré-
gisseur de la terre du chevalier ne nous
eût donné une nouvelle vraiment tragique.

L'honnête Deslandes, dont il n'avait
cessé de se louer, avait accueilli le fils
d'un de ses amis, revenu à son village
après avoir obtenu son congé absolu à
la faveur de onze ans de service; c'était
un homme de trente ans qui avait conservé toute la rudesse que l'on contracte
dans les troupes, quand elle n'est pas
tempérée par l'éducation. La femme de
Deslandes lui avait plu, il en avait été
rebuté; mais elle n'avait pas cru devoir
s'en plaindre à son mari; elle s'était
bornée à lui faire comprendre que les
assiduités de cet homme lui étaient im-
portunes; et les deux amis avaient con-
tinué de se voir au dehors; car Deslandes, n'étant point ombrageux, n'a-

vait conçu aucun soupçon de ses mauvaises intentions. Mais un jour de dimanche qu'ils étaient à se divertir en
famille, le militaire, qui était animé par
le vin ou par son ressentiment contre
la femme de son ami, se porta envers
elle à une liberté si indécente que tout
le monde l'en réprimanda, et, comme il
balbutiait de mauvaises excuses, Deslandes qui ne pouvait rester indifférent,
lui dit : *En voilà assez, camarade, vous
savez qu'entre gens de notre ancien
métier cela s'arrange facilement;* le militaire comprit ce que cela voulait dire
et ne répliqua point, et tous les autres
n'en conçurent rien de fâcheux; mais le
lendemain matin ils se rencontrèrent
dès le point du jour, et ce ne fut que deux
heures après qu'ils furent trouvés tous
deux percés de part en part, et sans
espoir de les pouvoir rappeler à la vie.

Voilà comme je réussis à faire des
heureux ! s'écria le chevalier. Je vis que
cet événement cruel réveillait les an-

ciennes impressions produites par les pronostics qui lui avaient été faits. Je me gardai bien de paraître l'avoir compris, et je me bornai à lui répondre que cet homme serait difficile à remplacer; mais que ce n'était pas ce dont il devait s'occuper; que ce soin me regardait, et que j'espérais qu'il voudrait bien compter sur moi.

C'était le lendemain matin qu'il fallait qu'il partît. Toute la soirée se ressentit de notre tristesse; la parole expirait sur nos lèvres, et une nuit pénible précéda une scène plus douloureuse encore. La jeune épouse ayant son fils sur ses genoux, sa mère et celle de son mari étaient réunies pour recevoir ses adieux. La belle Eugénie se leva tenant son fils dans ses bras qu'elle exposait aux regards de son père comme un moyen de le retenir. Ce tableau représentait au naturel les adieux d'Hector à Andromaque. Dieu puissant, disais-je intérieurement, daigne lui accorder un sort

III. 11

plus heureux. Parvenu à s'arracher des bras de tant d'êtres si chers à son cœur, il se jeta dans les miens ; je l'entraînai hors du salon jusqu'à sa chaise. Vous venez, mon cher ami, lui dis-je, de remporter la victoire la plus difficile ; elle assure le succès de toutes les autres. Sans me répondre il m'embrassa, monta dans sa chaise et partit accompagné de deux domestiques et du fidèle La France dont il avait fait son valet-de-chambre.

Consolez-vous, M. Meslin, me dit ce fidèle serviteur, et assurez madame de Senlis que je lui ramenerai mon maître ; un brave comme lui surmonte tous les dangers, et je vous jure que je le suivrai partout. Je connaissais l'inviolable attachement de ce garçon, et le zèle dont il avait donné des preuves réitérées : son assurance versa dans mon cœur un espoir consolateur, et dont l'effet fut plus puissant que n'aurait été celui du plus éloquent discours.

J'étais resté à la place où j'avais reçu

le dernier embrassement de mon cher Henri, quand un domestique vint me dire que madame la présidente me priait de rentrer ; je trouvai les trois dames noyées de pleurs. Je ne demandai point ce qu'elles voulaient, je savais que les malheureux aiment à s'appuyer les uns sur les autres : je me jetai dans un fauteuil et je donnai aussi un libre cours à mes larmes ; c'est le langage le plus convenable avec les affligés. Il n'y avait pas une demi-heure que j'étais dans cette situation quand la charmante Eugénie vint à moi : Nous ne le reverrons donc plus, s'écria-t-elle, puisque son père pleure aussi.

— Ce n'est point, madame, ce fils de mon affection que je pleure, mais le désespoir de son épouse qui oublie sa situation, le gage qu'elle porte dans son sein, et le soin qu'elle doit à sa propre conservation, puisqu'elle est la plus chère récompense du guerrier dont elle attend

le retour. Cette vive apostrophe qui me
fut inspirée par la circonstance, produisit un heureux changement.

Ne me grondez point, mon cher Meslin, me dit cette charmante dame ; ayez
pour moi l'indulgence d'un père : car
vous avez aussi été le mien. Je serai
raisonnable, et je ferai tout ce que vous
voudrez, puisque vous ne doutez pas
que j'aurai le bonheur de le revoir.

—Je ne suis pas le seul qui en soit
sûr, madame; je suis chargé par La
France de vous prier de vous consoler;
qu'il vous répondait de vous ramener
son maître ; et je lui répétai ce que m'a-
vait dit ce brave serviteur.

—Ha! je le crois, car il aime bien son
maître, et j'envie le bonheur qu'il a de
le suivre.

Les deux dames se joignirent à leur
fille pour me faire leurs remercîmens;
elles y ajoutèrent les plus touchantes caresses : ainsi traité, comme un père ho-

noré et chéri, j'éprouvai qu'il n'y a point de peine qu'un moment si doux ne pût effacer.

Un peu de sérénité étant rentrée dans nos cœurs, elle ne tarda pas à être augmentée par les lettres que nous adressa du Hâvre-de-Grâce M. le chevalier pour nous annoncer son embarquement. Il avait écrit à sa mère, à son épouse et à M. et madame de Buci; dans cette dépêche il y avait une lettre pour moi, dans laquelle je trouvai une demi-feuille ayant en tête *lisez seul*; j'y trouvai ce qui suit:

« Si je ne vous le disais, vous ne de-
« vineriez jamais, mon cher ami, quel
« personnage j'ai retrouvé ici, M. de
« Saint-Luc, devenu brigadier des armées
« du roi, allant aussi servir en Canada. Les
« politesses qu'il a cru devoir m'adresser
« ne m'en ont pas imposé; c'est toujours
« le même homme; l'accueil qu'il a reçu
« ici n'a été que celui dû à son grade,
« et la nuance différente de celui qu'on

« a bien voulu me faire ne lui a point
« échappé : sa rancune pour moi ne peut
« qu'en être accrue. Il n'a pas manqué
« de me dire qu'il avait vu mon frère la
« veille de son départ, et que c'était de
« lui qu'il avait appris qu'il aurait le plai-
« sir de me retrouver à l'armée com-
« mandée par M. le marquis de Mont-
« calm ; que nous allions naviguer pour
« la même destination ; mais que nous
« ne passerions pas sur la même frégate,
« et qu'il en avait du regret. J'ai pris
« assez sur moi pour avoir l'air de le
« partager ; c'est, je crois, mon premier
« effort de dissimulation ; car j'aurais été
« réellement affligé de me voir obligé
« d'habiter avec lui un espace aussi res-
« serré que celui d'un bâtiment naval.
« Ce n'est pas que je le craigne ; si je le
« disais, vous ne me croiriez pas : mais
« je me vois avec peine obligé de servir
« avec un homme dont je connais la
« corruption et la perversité, et peut-
« être à recevoir des ordres de lui ; j'en

« concevrais une vive inquiétude, si je
« n'étais déjà connu de M. le marquis
« de Montcalm, aussi recommandable
« par ses vertus que par ses talens mi-
« litaires.

« Sans attacher à cette circonstance
« plus d'importance qu'il ne faut, j'ai
« cru ne devoir pas partir sans vous la
« faire connaître, parce que rien ne
« peut être indifférent à l'amitié. »

J'y attachai plus d'importance qu'il ne
le croyait en m'écrivant ; car je crus en
devoir instruire madame la présidente,
afin que dans la première occasion qu'elle
aurait de voir M. le comte d'Argenson,
elle pût l'engager à écrire à M. le marquis de Montcalm, de manière à le porter à prévenir les mauvais offices que
M. de Saint-Luc pourrait être tenté de
rendre au colonel de Senlis.

Il fallait qu'il s'écoulât au moins six
mois avant de pouvoir espérer des nouvelles du chevalier. Dans cet état d'in-

certitude , nous éprouvions tous un malaise insupportable, auquel nous cherchions en vain du soulagement : madame de Langeais , dont j'ai déjà parlé, vint nous en offrir un dont l'apparence nous séduisit , par cet espoir qui nous persuade que nous serons mieux en changeant de lieu.

Cette dame , sans chercher à pénétrer les causes de l'intérêt que madame la présidente prenait à mademoiselle Dupleixe, avait conçu pour cette demoiselle une vive amitié ; elle ne se lassait point de louer la solidité de son esprit , et terminait toujours par dire qu'elle serait bien heureuse de pouvoir attacher auprès d'elle une jeune personne aussi estimable , si elle voulait consentir à être sa compagne jusqu'à la fin de sa carrière.

Madame la présidente qui s'était opposée à ce que mademoiselle Dupleixe prît le voile, et qui voyait dans les souhaits de madame de Langeais, s'ils étaient réalisés , un parti plus heureux et plus

convenable pour sa protégée qu'un engagement irrévocable, répondit à cette dame
qu'il y avait un moyen tout simple de la
satisfaire ; que nous allions tous la suivre
à son château ; que nous menerions avec
nous mademoiselle Dupleixe, et que,
si elle s'y plaisait, comme il y avait
lieu de le croire, nous la laisserions avec
elle, pour qu'elle pût éprouver pendant
le reste de la belle saison, si elle méritait les sentimens qu'elle avait pris en sa
faveur, et si cette jeune personne était
susceptible de l'attachement qu'elle désirait trouver en elle.

. L'exécution suivit de près la résolution ; nous partîmes presque en même
temps que madame de Langeais ; la nou-
veauté des lieux, la beauté du climat,
l'amabilité de la maîtresse, nous firent
goûter tout le charme d'une vie tranquille, et qui était très - favorable à la
santé : celle de madame de Senlis la jeune
s'y raffermit, et elle avançait dans sa
grossesse avec toutes les apparences

III. 12

qu'elle serait aussi heureuse que la première.

Quant à mademoiselle Dupleixe, tout
lui plut dans ce séjour, et plus que tout,
l'affection de la bonne madame de Lau-
geais, qui n'épargnait rien de tout ce qui
pouvait la porter à devenir la compagne
de sa solitude. Ce qui acheva de la gagner
fut le projet que nous exposa madame
de Langeais de former dans sa terre un
établissement pour y élever six jeunes
filles choisies parmi les plus pauvres du
village, et leur assurer une dot, quand
elles seraient en âge d'être mariées; qu'elles
ne pourraient y être admises qu'à six ans
accomplis, pour y rester jusqu'à l'âge
de vingt ans; qu'elle n'en voulait point
faire des demoiselles, mais des femmes
de ménage, faites pour épouser un la-
boureur ou un vigneron; que le plan
d'instruction, de travaux et d'ordre à
établir dans une semblable maison serait
trop long à nous développer; que ce
serait pour un autre moment; que ce

qui lui importait dans celui-ci était de
nous faire connaître qu'elle mourrait
contente de sa longue carrière, si elle
emportait la certitude d'avoir assuré le
sort de six infortunées, prises dans une
classe qu'on n'estime point assez; qu'elle
y emploierait les fonds nécessaires, tant
en terres qu'en rentes; mais que tout
cela ne pouvait s'exécuter sans qu'elle
fût aidée par une administratrice jeune,
qui fût comme elle guidée par l'amour
de l'humanité, et qui prît l'engagement
de continuer à diriger cet acte de bienfaisance, et à le laisser à son tour à la
personne qu'elle en jugerait le plus digne; que c'était en partie pour cela qu'elle
avait souhaité s'attacher mademoiselle
Dupleixe, parce qu'elle lui trouvait toutes
les connaissances et toute la raison
qu'exigeait une affaire aussi sérieuse.

Nous ne pouvions qu'applaudir à la
générosité des intentions de madame de
Langeais, et nous attendions tous quelle
serait la réponse de mademoiselle Du-

pleixe à une proposition aussi positive.

Je suis loin, dit-elle, de me croire aussi capable que madame veut bien le dire de seconder ses vues généreuses ; mais je trouve tant de gloire à le hasarder que j'aurai du moins le mérite de l'avoir entrepris , si madame la présidente ne me trouve pas trop téméraire : je souhaiterais seulement ne pas renoncer à mon logement aux dames du calvaire , afin que je puisse y aller cacher ma médiocrité, si je n'ai pas le bonheur de réussir.

J'aurais bien , répondit madame la présidente, quelque chose à dire sur cet excès de modestie; mais je vous approuve, mon enfant, de ne vouloir rien donner au hasard. Votre retraite au couvent restera telle que vous l'avez laissée : vous allez rester avec madame de Langeais , et à son retour, cet hiver, nous mûrirons un projet où je ne veux pas que vous soyez partie désintéressée: un autre de vos amis voudra sûrement y contribuer.

Je ne m'y oppose point, dit madame de Langeais, cela contribuera à l'améliorer ou à l'étendre; et, en attendant, l'aimable Sophie le connaîtra aussi bien que moi, et sera en état de l'exposer et le discuter au besoin.

Madame de Senlis se trouvant assez avancée dans sa grossesse, pour ne pas différer plus long-temps de retourner à Paris, de crainte que le mouvement de la voiture ne lui fût nuisible pendant une longue route, nous partîmes deux jours après, et nous ne retrouvâmes à Paris que le bruit et le mouvement qu'exigent les devoirs de la société, et rien qui pût calmer notre inquiétude, pas même par les nouvelles publiques, qui ne disaient rien de ce qui se passait dans le nord de l'Amérique.

La naissance d'une fille, dont accoucha heureusement madame de Senlis, ne fut pas un moindre sujet de joie que la naissance du petit Eugène.

Enfin, après plus de quinze mois d'attente, je reçus du chevalier la lettre suivante :

« Depuis mon départ de Paris, il ne m'est parvenu des nouvelles de ma famille que deux fois : c'étaient les duplicata des lettres qui m'avaient été écrites, d'où je conjecture que celles que je vous aurai adressées n'auront pas eu un plus heureux destin.

« Je souhaite bien vivement que celle-ci vous parvienne ; c'est dans cet espoir que je vais entrer dans quelques détails.

« Nous faisons la guerre dans un climat rigoureux, et avec des forces inférieures à celles de l'ennemi. Depuis l'avantage remporté près du lac Saint-Sacrement, sur le général Loudon, auquel j'ai concouru de manière à mériter des remercîmens de M. de Montcalm, je n'ai eu que des affaires de postes, et j'ai autant combattu et réussi par la prudence que par les armes. J'ai conservé l'attachement de ceux des sauvages qui sont

pour nous, et j'ai traité avec humanité
ceux qui sont dans le parti ennemi,
toutes les fois que je l'ai pu : cette conduite a servi au succès des détachemens
dont j'ai été chargé, et à les rendre
moins dangereux. Ce sont des services,
sans doute, mais ce ne sont point des
actions d'éclat; cependant M. le général
m'a honoré du grade de brigadier des
armées du roi, dont il a demandé la
confirmation à la Cour, et elle sera parvenue ici quand vous lirez cette lettre.

« Cette nouvelle charmera sûrement
ma famille; je la regarde cependant
comme une faveur à laquelle aura contribué M. le comte d'Argenson. Je prie
ma mère de lui en témoigner ma reconnaissance, car je me vois avec plaisir au
pair avec M. de Saint-Luc, dont j'ai eu
le bonheur d'être éloigné depuis le commencement de la guerre.

« Veuillez, mon bon ami, m'écrire
tant de lettres que j'en puisse recevoir
quelques-unes. Parlez de moi à ma fem-

me, à ma mère, à la bonne madame de
Buci et à son respectable époux; dites-
leur que je me porte bien, que ce climat
est réellement sain, et que j'y ai supporté
toutes fatigues sans éprouver la moindre
altération de santé. Je vous embrasse
tous comme je vous aime; il ne manque
à mon bonheur que de pouvoir vous le
dire.

« Le chevalier DE SENLIS. »

Cette heureuse nouvelle nous dédom-
magea de nos inquiétudes. Madame de
Langeais, de retour à Paris depuis long-
temps, la partageait avec nous: mais,
toujours occupée de son projet favori,
elle parlait déjà de retourner à la campagne avec mademoiselle Dupleixe, qui
ne l'avait point quittée, et qui demeurait
chez elle, quand nous apprîmes que
M. de Riveri était revenu des eaux de
Barrèges, plus malade que lorsqu'il y
était allé; qu'on désespérait de le voir se
rétablir; que son esprit avait conservé

ses forces et son activité; mais, qu'à tous autres égards, il n'était plus que l'ombre de lui-même, et que ce n'était que pour déférer aux conseils des médecins, qu'il allait se faire transporter à petites journées, à Aix-la-Chapelle, sans espérer, des bains de cette ville, plus de secours que de ceux de Barrèges.

Nous ne pûmes plus douter de sa déplorable situation, après la lettre qu'il adressa à mademoiselle Dupleixe, chez madame la présidente de Senlis, où il la croyait, ayant su qu'elle n'était plus aux Dames du Calvaire. Voici cette lettre.

A mademoiselle Dupleixe.

« Je n'étais pas digne de vous obtenir, adorable Sophie ; c'est ainsi du moins que le décide un sort rigoureux, en bornant une existence à laquelle je ne tenais plus que par vous et que pour vous. J'ai en vain assayé de combattre le mal qui m'accable ; son poison des-

tructeur fait chaque jour de nouveaux
progrès, et semble ne m'avoir laissé l'activité du cœur et les facultés intellec-
tuelles que pour sentir plus cruellement
qu'il faut rendre à la nature ce que j'a-
vais reçu d'elle.

« J'ai souvent regretté qu'un préjugé
désespérant et vraiment déplacé à mon
égard, vous ait empêché de répondre à
mes vœux; consolé par la vertu, se-
couru par ses tendres soins, j'eusse, je
le crois, recouvré la santé : mais s'il en
eût été autrement, quels reproches ne
me ferais-je pas de vous avoir, au printemps de la vie, attaché à un être qui
n'est déjà plus que l'image odieuse d'une
dissolution prochaine.

« Réduit à la désirer, je veux la prévenir, pour vous rendre l'engagement
que vous avez bien voulu prendre de
n'être à personne. Il ne m'appartient pas
plus d'influencer votre volonté, que de
mettre des bornes à ce qui pourrait faire
votre bonheur; ce serait mourir chargé

d'un poids insupportable, que de vous laisser une pareille chaine. Croyez, angélique Sophie, que c'est le plus grand effort que j'aie fait, dans toute ma vie, que de vous en dégager. Je ne vous l'avais point imposée, vous l'aviez prise de vous-même ; et cet acte généreux avait rempli mon âme de l'espoir enchanteur de vous voir enfin combler mes vœux.

« Hélas ! il ne s'éteint qu'avec ma vie, il m'a soutenu dans les plus cruelles douleurs ! Votre image, gravée dans mon cœur, les adoucissait, ou m'aidait à les supporter. Pourquoi faut-il que tout finisse ? Ah ! si je devais vous retrouver ailleurs, vous seriez pour moi le comble de la félicité ; aucune autre ne pourrait la surpasser ni l'égaler ! Mais mon imagination s'égare dans un vain désir.

« Le seul qu'il me soit permis de former, a pour objet d'emporter la certitude d'avoir assuré votre indépendance. Je ne laisserai, après moi, que des héritiers avides, qui m'ont dédaigné avant

que je fusse devenu riche ; quoique je
n'aie point ménagé ma fortune, je leur
en laisserai plus qu'ils ne méritent. Ne
rejetez donc point le dernier hommage
d'un ami, dans une circonstance qui
n'admet plus les refus dictés par une
scrupuleuse délicatesse : j'en suis si persuadé, que je compte en ma faveur,
pour cet objet, sur la décision de votre
respectable protectrice, aussi admirable
par ses lumières que par ses vertus.

« Je joins ici deux reconnaissances de
M. Brillon, de six mille francs chacune,
qui tomberaient au profit du domaine, si
elles n'étaient point réclamées.

« Recevez, belle et vertueuse Sophie,
les adieux d'un ami malheureux, dont le
dernier soupir et le dernier vœu seront
pour votre bonheur.

« DE RIVERI. »

La vertu avait soutenu mademoiselle
Dupleixe contre la proposition séduisante de devenir l'épouse d'un homme

qu'elle aimait. Mais quand elle ne put
douter qu'il allait être perdu pour toujours, son courage l'abandonna ; elle
tomba évanouie dans les bras de madame
la présidente. Lorsqu'elle eut rappelé ses
sens, et qu'elle lui eut donné toutes les
consolations que le cœur seul sait inspirer, elle lui dit qu'elle ne croyait pas
qu'un homme aussi jeune, et qui avait
joui d'une aussi brillante santé, pût être
dans une situation aussi désespérée qu'il
le croyait lui-même ; qu'il restait un
moyen de le rappeler à la vie, et qu'elle
allait consulter s'il était convenable de
l'employer. On verra, dans le chapitre
suivant, quel était ce moyen.

~~~~~~

CHAPITRE XXXIII.

———

*Opinion de M. le procureur-général.
Consentement donné. Nouvelles de
l'Amérique.*

MADAME la présidente avait demandé
son carrosse. Elle m'emmena avec elle,
et se fit conduire chez M. le procureur-
général qui avait toute sa confiance, et
qui la méritait.

Vous n'ignorez rien, lui dit-elle, de
tout ce qui concerne mademoiselle Dupleixe, à qui vous prenez, comme moi,
le plus tendre intérêt. Voici la lettre
qu'elle vient de recevoir. Son cœur s'est
montré à découvert. Je l'ai consolée; mais
elle est dans un état inquiétant. Je suis
venue avec M. Meslin, pour vous con-

sulter sur une circonstance aussi délicate.

Délicate en effet, répondit M. le procureur-général : cependant, considérée
sous toutes ses faces, je crois pouvoir
vous dire que M. de Riveri étant con-
damné par la faculté, ainsi qu'on m'en
a assuré, je ne vois aucun inconvénient
à lui tout promettre ; s'il en revient,
contre toute attente, je le trouverai
très-heureux d'épouser mademoiselle
Dupleixe. Si j'étais jeune, et que je fusse
aimé d'une personne aussi intéressante,
je ne répugnerais point à l'épouser ;
éprouvée comme elle l'a été, je n'en
serais que plus sûr de son attachement :
elle est d'une famille honnête ; elle vaut
mieux que lui par ses vertus et par ses
principes. Il suffit de la lettre de M. de
Riveri pour le juger ; le sentiment qui
a le plus d'empire sur le cœur de l'homme
ne peut le ramener à la conviction d'une
destinée future : cependant il en forme
le souhait, et c'est un grand pas de fait,

Un esprit aussi éclairé ne peut rester
constamment pervers; il faudra aussi,
dans cette supposition, que mademoiselle Dupleixe se relâche de ses scrupu-
les, et qu'elle tienne ses promesses. Je
suis donc d'avis qu'elle écrive tout ce
que son cœur lui dictera, tout ce qu'elle
croira propre à verser dans le cœur du
malheureux de Riveri un baume consolateur, et qu'elle donne pour gage de sa
parole l'acceptation dès ce moment du
don qu'il lui fait, et dont le titre était
dans sa lettre. Le pis qui puisse arriver,
s'il succombe, est qu'elle se voie en état
de concourir puissamment au projet de
madame de Langeais; d'être comme elle
fondatrice de cet établissement; et de se
voir dans le monde avec un titre et une
existence honorable : je suis sûr d'obtenir de la bonté du Roi les lettres-patentes
nécessaires pour l'autorisation de cette
fondation.

Je suis ravie de vous trouver de mon
sentiment, dit madame la présidente;

car je ne me serais pas permis de consoler la malheureuse Sophie en lui conseil-
lant le seul parti qu'il me parût nécessaire de prendre, si je n'y eusse été con-
firmée par vous.

Nous nous empressâmes de retourner;
et la sensible Sophie, autorisée par l'ap-
probation des personnes qui pouvaient
tout sur elle, se détermina à répondre à
M. de Riveri et à prendre tous les enga-
gemens indiqués par M. le procureur
général.

Sa lettre était l'expression d'un cœur
tendre et pénétré d'un sentiment profond. Si l'amour pouvait faire un mi-
racle, cette lettre devait l'opérer.

M. de Riveri y répondit avec une
vive reconnaissance; mais toute la chaleur de son style n'empêchait point d'a-
percevoir que son cœur n'osait se livrer
à l'espérance.

Madame la présidente n'avait point
oublié d'aller remercier M. le comte

d'Argenson, du grade de brigadier accordé à son fils.

Je n'y ai contribué, dit ce ministre, qu'en faisant expédier promptement la confirmation demandée par M. le marquis de Moncalm. Avec ce général, M. le chevalier n'a plus besoin que de lui-même pour réussir : la seule chose que j'aie écrite avant qu'il fût question de ce grade, a été de montrer à M. le général le désir que M. le colonel de Senlis n'eût rien à démêler avec M. de Saint-Luc, et je ne doute pas qu'il n'y ait eu égard.

C'était un service non moins intéressant qu'il avait rendu à madame de Senlis, et ce fut le dernier dont elle eut à remercier ce ministre qui fut disgracié quelques jours après.

Quelle que pût être la destinée de mamoiselle Dupleixe, elle ne crut pas devoir renoncer au mérite de concourir à l'établisssement proj eté par madame de Langeais ; et, sur l'invitation de madame de Senlis, elle nous l'exposa comme elle l'avait conçu.

L'objet, dit mademoiselle Dupleixe, que se propose madame de Langeais ne se borne pas à l'instruction de six jeunes filles choisies, âgées de six ans, parmi les plus pauvres de la terre qu'elle habite. Elle étend ses vues sur leur bonheur pendant toute leur vie, c'est-à-dire qu'elle veut les doter; et qu'elles ne sortent de la maison où elles auront été élevées qu'avec une somme suffisante pour former un honnête établissement ou pour ajouter aux moyens de leurs maris. Un pareil projet ne peut avoir été conçu que par une dame aussi respectable et dont le cœur est aussi bon que celui de madame de Langeais : il est fait pour plaire à toutes les personnes qui s'intéressent au bonheur de l'humanité. Pour moi qui n'ai pas l'honneur de l'avoir conçu, je suis jalouse de pouvoir contribuer à l'exécution, et de profiter de la faveur que me fait la fortune ou

plutôt la générosité de M. de Riveri qui,
je me plais à le croire, ne s'y opposera
pas s'il revient en santé et que j'aie besoin de son consentement.

Voici les moyens d'exécution que
madame de Langeais a préparés depuis
long-temps dans la vue de parvenir à
cette fondation :

Elle a placé à Saint-Malo par le conseil d'un ami une somme considérable
entre les mains d'un négociant, associé à
une compagnie d'assurance maritime,
pour participer aux bénéfices de cette
compagnie. Pendant cinq années, ces
bénéfices ont tellement surpassé les
pertes, qu'ils se sont élevés, pour madame de Langeais, à une somme de
72,000 livres ; alors n'ayant eu d'autre
objet que l'exécution de son projet, et
ne voulant plus s'exposer à courir de
nouveaux risques, elle a retiré sa mise
et laissé la somme gagnée entre les mains
du négociant qui avait si bien opéré en
sa faveur, et qui lui en compte pour

l'intérêt 3,600 livres à raison de cinq pour cent par an.

C'est avec ce revenu qu'elle espère subvenir à l'éducation et la dotation de ses six élèves ; mais sans toucher à ce fonds. Elle donne pour l'établissement un bâtiment qu'elle va faire réparer, et un enclos suffisant pour les légumes et les fruits nécessaires au ménage intérieur, et une quantité de terres labourables et prairies suffisantes pour la nourriture des élèves, de deux maîtresses, et des chevaux et vaches nécessaires à la culture de ce terrain, de manière que le produit suffise au besoin de l'établissement et qu'il n'y ait que la viande de boucherie à acheter, dont la dépense pourra être diminuée ou même balancée par la vente de la volaille et des œufs excédant les besoins du ménage.

Quant à l'emploi du revenu des trois mille cinq cents livres de rente, voici comme elle se propose de l'appliquer.

Pour supplément de vivres, s'il y a

lieu, et vêtemens de six jeunes filles,
cent-cinquante livres pour chacune,
par an. . . . . 900 l.

Pour frais de culture, y compris les frais d'une fille de basse-
cour, qui sera logée et nourrie
dans la maison.   300

Honoraires d'une maîtresse,
capable de montrer à lire, à
écrire, et l'arithmétique aux jeunes filles, et de veiller à l'observation des pratiques religieuses,
laquelle sera nourrie et logée
dans la maison.   300

Le même traitement à celle
chargée de l'économie générale
de l'établissement, et d'enseigner aux jeunes filles à coudre,
filer et tricoter.   300
                                       ———
        Ensemble. . . . . .1,800 l.

Sur les travaux des jeunes filles, à
mesure qu'elles seront devenues capa-
bles, il y aura le bénéfice résultant de

la vente du lin et du chanvre filé; ce qui servira à donner des gratifications aux deux maîtresses.

Ainsi, sur les trois mille six cents livres de rente, il restera annuellement dix huit cents livres, qui pourront aussi produire intérêt et augmenter la masse de fonds réservés aux jeunes filles; mais en ne comptant rigoureusement que sur dix-huit cents francs, ce fond annuel donne trois cents francs pour chacune, qui, pendant douze années, pour celles mariées à dix-huit ans, formera une somme de trois mille six cents livres, et pour celles mariées à vingt ans, quatre mille deux cents livres; d'où elle conclut qu'il n'y a pas de cultivateur honnête, même de fils de fermier, qui ne se trouve heureux de prendre une honnête fille, capable de soigner ses affaires, d'écrire ses lettres et de tenir registre de ses achats et de ses ventes, avec une dot de quatre mille deux cents livres.

Je ne connais point assez l'économie

champêtre, pour garantir la justesse des
aperçus de madame de Langeais, et
l'exactitude de ses calculs; mais il m'est
doux de penser, qu'au lieu d'être sim-
plement la directrice de cet établissement, avec les honoraires qu'elle se proposait d'y attacher, je pourrai suppléer
efficacement à ce qui manquerait pour en
assurer l'exécution, et même pour l'é-
tendre à douze personnes au lieu de six,
sans pour cela renoncer à l'adminis-
tration générale, dont je me sens capable, parce qu'elle entre dans ma manière
de sentir, et que ce sera pour moi une
occupation agréable.

Tel est, madame, très en abrégé le
plan de madame de Langeais, qui n'est
pas exempt de quelques observations.
La première que je me sois permise, est
relative à l'institutrice, que je ne trouve
pas assez payée. Une femme, chargée de
montrer à lire, écrire et compter, et qui
en ait réellement la capacité, mérite
mieux que trois cents livres, parce

qu'elle doit aussi savoir la grammaire, et être en état de l'enseigner, sans quoi il est inutile d'apprendre à écrire. La respectable fondatrice en est convenue, et aussi qu'il faudrait un plus grand nombre de filles de service, pour tirer partie des bestiaux et de la volaille; mais ce ne sont plus que de petites difficultés, qui seront facilement surmontées.

Elles l'auraient toujours été, répondit madame la présidente, si vous n'en aviez pas eu le pouvoir, ma belle amie, parce que j'aurais voulu seconder une résolution aussi estimable; mais vous avez encore un ami qui aurait voulu partager avec vous un acte si méritoire. Il y sera toujours pour quelque chose, en obtenant du Roi des lettres-patentes confirmatives de l'établissement et de la donation de madame de Langeais; cela lui donnera plus de poids, étant autorisée par le gouvernement.

Il faudra aussi que l'autorité de l'é-

III. 14

vêque y concoure, afin que M. le curé n'ait à se mêler que du spirituel, et qu'il ne puisse vous contrarier en rien de ce qui n'est pas de son ressort. Vous pouvez compter sur mes soins et sur ceux de votre ami, M. Meslin, pour obtenir ces autorisations. Mais il n'est pas moins essentiel, et beaucoup plus pressant pour le succès de votre projet, de retirer des mains de M. Brillon les fonds qui sont chez lui sans rien produire, puisqu'ils n'y sont qu'à titre de dépôt; et vous ferez sagement d'en réserver au moins la moitié pour vous, en la plaçant solidement. Il me semble que le négociant à Saint-Malo, qui est connu de madame de Langeais, peut faire cette opération : nous pouvons lui en parler; et, d'après l'avis de cette dame, M. Meslin s'entendrait avec lui.

Cela est d'autant plus sage, dis-je à mon tour, qu'une fois qu'on a engagé sa fortune dans un établissement public, il n'est plus possible de l'en retirer, et qu'il est prudent de se ménager des ressources indépendantes.

Les fonds furent retirés et versés, par M. Brillon, chez madame la présidente. Madame de Langeais apprit avec plaisir que sa jeune amie, dont elle avait distingué le mérite, se trouvait dans la position et dans la résolution de participer d'une manière aussi étendue à son projet; mais elle fut absolument d'avis qu'elle se réservât quatre-vingt mille livres, qui ne pourraient être mieux placées qu'entre les mains de M. Magon, son correspondant, parce que la probité était héréditaire dans cette maison, comme la fortune, et qu'en général, c'était la réputation dont jouissaient les principales maisons de Saint-Malo.

Il fut, en conséquence, convenu que madame de Langeais, ayant à retirer soixante-douze mille francs, ce serait moi qui les lui verserais pour le compte de mademoiselle Dupleixe, et pour la-

quelle je ferais aussi passer à M. Magon
huit mille livres pour le complément des
quatre-vingt mille dont il serait comp-
table à cette demoiselle. Je reçus, en
conséquence, une procuration qui me
donnait tous les pouvoirs nécessaires.

Ces précautions étant prises de part
et d'autre, madame de Langeais écrivit,
de concert avec moi, à M. Magon, pour
qu'il terminât avec elle, et qu'il devînt
le débiteur de mademoiselle Dupleixe,
qui prit ensuite la courageuse résolution
de partir, avec cette dame, pour aller
poser les bases de leur entreprise, résolution dont les événemens confirmèrent
la sagesse.

De ce moment à celui où nous re-
çûmes pour la seconde fois des nouvelles du chevalier, il s'écoula près d'un
an, et la relation de la victoire remportée
par le marquis de Montcalm sur le général Abercomby était connue à Paris
quand nous apprîmes par la lettre de
M. de Senlis qu'il y avait combattu à la

tête de sa légion, que la victoire avait été chèrement achetée, qu'il y avait reçu deux blessures dont il était guéri, et qu'il avait trouvé sa récompense dans l'estime soutenue dont l'honorait son général; il ajoutait que malgré tant d'avantages remportés, cette guerre, qui ne pouvait durer encore long-temps, ne pourrait avoir une fin favorable à la France, et qu'on n'en remporterait que l'honneur de l'avoir soutenue.

L'événement ne justifia que trop cette conjecture; nous apprîmes par les nouvelles publiques le combat de Québec, la mort de M. de Montcalm, et la capitulation accordée à l'armée française. Nous étions dans la plus cruelle inquiétude sur le sort du chevalier lorsqu'enfin, par quelques officiers revenus les premiers, nous apprîmes que M. de Senlis avait été couvert de blessures, et qu'il avait été accablé par une injuste accusation; mais qu'ils ne doutaient pas qu'un

officier de son mérite, estimé de toute
l'armée, n'en sortît victorieux.

Madame de Senlis se hâta d'aller au
ministère de la guerre pour se procurer
des éclaircissemens; il lui fut répondu
que cette accusation paraissait d'autant
moins vraisemblable que M. de Montcalm avait demandé pour M. le chevalier de Senlis le grade de maréchal-de-
camp, comme une juste récompense due
à ses services, et que le brevet lui en
avait été expédié.

Nous ne sortîmes de cette obscurité
que par l'arrivée d'un officier de la légion du chevalier qui, à sa prière, était
parti sans l'attendre, pour venir calmer
les inquiétudes où devait être sa famille
sur son sort.

Cet officier nous raconta qu'avant le
combat où M. de Montcalm s'était trouvé
engagé, ce général, sentant tout le péril
de sa position, avait chargé M. le chevalier de Senlis d'aller avec un bataillon

de son corps, empêcher la jonction d'un détachement considérable des troupes ennemies, que s'il y parvenait il croyait pouvoir répondre de la victoire.

C'était plus qu'il n'en fallait pour être sûr de M. de Senlis; mais son zèle et sa prudence furent trompés par ses guides et par les espions dont il fut entouré : au lieu de surprendre l'ennemi il donna dans une embuscade, et combattit avec désavantage en se retirant vers l'armée française. Accablé par le nombre, ne voulant point sacrifier inutilement à une vaine résistance, tant de braves gens, il chargea son lieutenant-colonel du commandement, avec ordre de se faire jour à travers l'ennemi, et qu'il se chargeait de l'arrière-garde et de favoriser sa retraite. Cette résolution hardie a sauvé son bataillon, non sans perte, mais ce fut à l'arrière-garde qu'elle fut plus sensible, j'y étais avec lui. De deux cents que nous étions, nous ne sommes échappés qu'avec perte de plus de moitié.

M. de Senlis était couvert de blessures;
il avait plusieurs fois combattu corps à
corps, de manière qu'il ne lui restait de
son habit que le collet et les manches:
c'est dans cet état déplorable que nous
sommes arrivés au moment où M. de
Montcalm venait de perdre la vie.

M. de Senlis, hors de combat, fut
transporté au quartier des blessés; il
avait perdu son appui, notre respectable général, devant qui l'envie et
l'intrigue n'osaient se montrer; alors
un ennemi secret, M. de Saint-Luc,
ne craignit pas de se porter accusateur de M. le chevalier, et de dire qu'il
avait compromis le salut de l'armée en
se livrant sans ordre à la merci d'un ennemi dont les forces étaient supérieures,
et d'ajouter que le zèle ne pouvait servir
d'excuse à une conduite aussi indiscrète;
des propos plus dangereux furent répandus; les méchans ne manquent jamais de partisans parmi les envieux du
mérite; on alla jusqu'à dire qu'il n'y

avait qu'une intelligence secrète avec l'ennemi qui eût pu porter à compromettre ainsi une portion des troupes du roi.

M. de Senlis qui en fut prévenu répondit qu'il avait eu l'ordre par écrit de la main du général ; un officier supérieur disait aussi avoir entendu de M. de Montcalm qu'il avait donné à M. le chevalier de Senlis l'ordre dont il s'agissait ; mais cette attestation, unique et sans preuve, n'était considérée que comme un témoignage officieux ; l'affaire prit un caractère grave, on donna des gardes à l'accusé, et il fut décidé qu'il serait jugé par un conseil de guerre aussitôt que l'état de ses blessures lui permettrait de comparaître.

Le danger devenait imminent ; M. le chevalier en fut préservé par le zèle de son valet de chambre ; cet homme courageux, que j'ai vu partager tous les périls de son maître, s'avisa d'écrire au général anglais, de lui exposer la situation de l'estimable militaire auquel il avait l'hon-

neur d'appartenir, de lui dire que l'ordre
qui pouvait le justifier était dans l'habit
qu'on lui avait arraché dans la chaleur
du combat; que lui, chétif, donnerait
cinquante louis au soldat qui pourrait retrouver cet ordre, qu'enfin il donnerait
sa vie pour justifier un brave sans reproche et qui avait l'estime de toute l'armée.

Un semblable dévouement était fait
pour plaire chez une nation qui aime la
générosité partout où elle se trouve. La
réputation de bravoure et d'équité de
M. de Senlis n'était pas moins connue
de l'armée anglaise que de l'armée française : le général fit promettre une récompense plus forte à qui lui rapporte-
rait l'habit et les papiers du brigadier
français qui avait si vaillamment combattu à la dernière affaire. Ses ordres
furent exécutés avec tant de soin que les
débris du vêtement lui furent rapportés
avec le porte-feuille dans lequel se trouvait l'ordre entièrement écrit et signé
par M. le marquis de Montcalm : de sorte

que deux jours après la lettre écrite par
le fidèle La France, on vit paraître en
parlementaire un officier anglais suivi
d'un seul soldat. Cet officier demanda à
être admis auprès des officiers généraux
de l'armée française ; là, il exhiba la partie de l'uniforme déchirée et l'ordre de
M. de Montcalm, dont il demanda un
récépissé signé des officiers supérieurs
auxquels il le remettait, et il ajouta que
le général avait acquitté la promesse faite
par le Français qui lui avait écrit ; qu'il
s'était fait un devoir de partager avec lui
le mérite d'une bonne action.

La scène changea à la vue de cet ordre ; les amis et même les indifférens
élevèrent la voix contre l'accusateur : sa
confusion fut encore augmentée à l'arrivée d'une dépêche ouverte par le général qui succédait à M. de Montcalm,
et qui apportait le brevet de maréchal
de camp pour M. de Senlis. Pour cacher
son dépit et sa honte, M. de Saint-Luc
a profité de la première occasion qui

s'est présentée de s'embarquer ; il doit être arrivé en France, où je doute qu'il soit accueilli favorablement ; car les détails de cette affaire ont été adressés au ministère de la guerre.

Le nouveau grade accordé à M. le chevalier de Senlis n'a pu effacer dans son cœur l'impression qu'y avait faite l'odieuse accusation portée contre lui. Je serai donc, me disait-il, toujours persécuté : je ne sais quelle fatalité s'attache à moi ; voici la seconde accusation dont j'ai failli être victime. Je suis si affecté de la perversité humaine que je fuirais le monde, si je n'y étais attaché par ma femme et mes enfans, et par une famille qui mérite toute mon affection.

C'est deux jours après qu'il m'a fait accorder la permission de partir, et qu'il m'a invité à le devancer, pour vous annoncer qu'il s'embarquerait aussitôt que ses blessures lui permettraient de supporter la mer, et il ne m'a donné pour titre de créance que la petite lettre que j'ai présentée à madame la présidente. Elle ne portait en effet que ce peu de mots :

« Je vous prie, ma mère, d'accueillir
« mon ami M. de Clainville, comme un
« militaire dont la bravoure est le moin-
« dre mérite.

« Le chevalier DE SENLIS. »

Il le fut comme un ami qui venait de nous rendre l'espérance, et de faire renaître la joie dans nos cœurs : nous en avions besoin pour soutenir les autres sujets d'affliction dont nous étions menacés.

M. de Riveri était revenu des eaux d'Aix-la-Chapelle dans un état désespérant; une éruption affreuse, dégoûtante, couvrait presque tout son corps ; des plaies infectes s'y formaient et rebutaient les gens de l'art et tous ses serviteurs; il fallait changer les gardes-malades, dont les plus hardies n'avaient pu rester auprès de lui plus de trois jours ; ses amis le fuyaient ; M. le président de Senlis qui avait cru lui devoir une visite, en avait été si effrayé que les maux dont il était tourmenté depuis quelques mois s'en accrurent , et devinrent réellement dangereux. Une chaleur d'entrailles et des douleurs de reins devinrent si intolérables qu'il entrait dans des accès de fureur tels qu'il fallait le garder , pour le préserver de lui-même.

Il n'avait pas tenté la moindre démarche pour se rapprocher de sa famille; madame la présidente tenait trop à ce qu'elle se devait pour le prévenir , et son inquiétude sur le sort de ce fils aîné n'en était pas moins pénible. Elle souffrait aussi par rapport à mademoiselle Dupleixe, du sort déplorable de M. de Riveri , dont la fin cruelle et inévitable ne pourrait être annoncée sans ménagement à cette fille infortunée : elle s'attendait bien à remplir ce devoir; mais il ne manquait à la douloureuse situation de madame de Senlis que de s'y voir obligée

lorsque le moment serait arrivé , et avec
des circonstances qui le rendaient plus
pénible. Cette tâche lui fut imposée par
le message que lui adressa M. de Riveri,
dans lequel se trouva renfermé son dernier vœu et ses dernières intentions que
l'on connaîtra dans le chapitre suivant,

CHAPITRE XXXIV.

———

Dernières dispositions de M. de Riveri.

A madame la présidente de Senlis.

« MADAME, je n'ai aucun titre auprès
de vous pour mériter que vous veuilliez
vous intéresser aux derniers vœux d'un
mourant ; car ce n'en est point un que
d'avoir préservé d'une plus longue oppression l'être angélique que vous avez
pris sous votre protection : mais c'est en
sa faveur et sous ses auspices que j'ose
m'adresser au cœur le plus sensible, à
la femme la plus respectable, pour la
supplier de faire parvenir l'écrit ci-inclus
à sa destination : c'est le dernier hommage que je rends à la vertu ; je le sou-

mets cependant à vos lumières et à votre volonté, pour ne le donner que quand il sera convenable, ou pour le supprimer, si vous y trouvez le moindre danger.

« Je réclame également vos bontés, madame, pour le coffret auquel est jointe la clef; il ne contient que quelques bijoux et mon portrait; ce portrait n'est point un dernier mouvement de vanité: au terme où je touche, on n'en a plus; mais je l'ai ajouté aux autres objets, parce que je crois, d'après moi-même, qu'il est satisfaisant d'avoir l'image de l'ami dont le sort nous a privés.

« Si vous voyez avec indulgence ces dernières dispositions, et que vous daigniez, madame, en être l'exécutrice, je mourrai aussi pénétré de reconnaissance que je l'étais déjà de respect et d'admiration pour vos éminentes vertus. »

« DE RIVERI. »

III.   15

Après la lecture de cette lettre, madame la présidente fit entrer le domestique qui l'avait apportée, et le chargea
de dire à son maître qu'elle remplirait
ses intentions; qu'il pouvait y compter,
comme sur les vœux sincères qu'elle
faisait pour son rétablissement.

Elle eut la curiosité de voir ce que
renfermait le petit coffre ; nous y trouvâmes dans un écrin six bagues, dont
quatre en pierres précieuses gravées et
deux en briilans.

Dans un autre plus grand, des boucles
d'oreilles, des bracelets, une aigrette et
une chaîne, le tout en diamans ; des
étuis d'or, une montre enrichie, et
enfin le portrait dans un riche entou-
rage. Nous ne pûmes considérer cette
figure si animée, si spirituelle sans dé-
plorer le sort de celui qu'elle représentait dans le temps où l'éclat de ses talens
semblait le destiner à être l'honneur de
sa patrie.

Madame la présidente évalua ce magnifique présent à plus de cent mille francs. Elle me chargea de l'envelopper de manière que la clef fût renfermée sous l'enveloppe., qu'elle fût cachetée de ses armes ; et elle écrivit dessus : *Ce paquet est un dépôt appartenant à mademoiselle Dupleixe, demeurant chez madame de Langeais, au château de..., en Touraine.*

Un objet non moins curieux à connaître était l'écrit confié aux soins de madame de Senlis ; nous y trouvâmes ce qui suit :

A la vertueuse Sophie.

« C'est à vous, céleste amie, que je dois mon retour à la vertu, il ne peut vous être indifférent de connaître votre ouvrage, c'est dans cette persuasion que je trace ici l'histoire de mon cœur et des écarts de mon esprit. Vous ne pourriez juger de ce que vous avez fait, si vous ignoriez dans quel abîme d'erreurs j'é-

tais plongé quand le destin vous a choisi
pour m'en tirer.

« J'adoucis aussi mes maux en retraçant
les seuls jours heureux de ma vie, ceux
que j'ai passés près de vous ; je me persuade que je vous entretiens, que vous
daignez m'écouter, que cet écrit sera
encore auprès de vous lorsque je ne serai plus ; c'en est assez pour croire qu'il
sera vu, sinon avec intérêt, du moins
avec indulgence.

« Destiné dès l'enfance à une carrière
moins périlleuse que celle des armes,
mais qui n'est pas moins brillante, on
me fit donner toutes les connaissances
relatives. Aussitôt qu'on m'en eut fait
connaître le but, j'eus le désir de l'at-
teindre parce qu'il était d'accord avec
les idées que je commençais à me faire de
la véritable gloire.

« Je débutai donc avec éclat dans
l'âge où la plupart de ceux qui se desti-
nent à la même carrière sont encore au
nombre des aspirans. Je fis en même

temps mon entrée dans le monde; tout
m'en parut charmant; mais naturellement observateur, je reconnus bientôt
qu'aucun de ceux que je voyais, hommes
ou femmes, n'étaient pas réellement ce
qu'ils paraissaient être, que chacun avait
un maintien et des phrases de conven-
tion démentis par leur conduite, et qu'il
y avait des sentimens qu'il fallait paraître
professer, qui n'étaient point les vérita-
bles, puisqu'on s'en écartait sans cesse;
qu'enfin l'homme le plus considéré était
celui qui savait, avec le plus d'art, allier
ces contraires.

« J'en recherchai la cause, je la trouvai sans peine; les poètes, les philoso-
phes, les écrivains politiques semblaient
s'entendre tous pour prouver que la mo-
rale austère pratiquée par nos pères ne
convenait qu'à des siècles de barbarie et
d'ignorance, mais que, dans une nation
policée et éclairée, on ne devait plus
être enchaîné par des maximes suran-
nées et devenues ridicules.

« Cette philosophie qui laisse une libre carrière aux plaisirs, est d'autant plus séduisante qu'elle ne se montre point telle qu'elle est, c'est-à-dire, propre à dessécher l'âme ; elle se pare d'un grand respect pour la probité, l'honneur, la bravoure et l'humanité ; j'avais ces sentimens dans le cœur, jamais je n'avais détourné ma vue ni fermé mes oreilles aux cris des malheureux : toujours je les avais secourus. Je crus donc qu'une philosophie qui exaltait des qualités qui m'étaient si chères, était la véritable, puisqu'elle regardait le plaisir comme la juste récompense due à la pratique de ces vertus mondaines.

« A cette époque, quelques succès dus à des femmes d'une conduite légère, et que je ne manquai pas d'attribuer à mon mérite, achevèrent de me persuader que j'étais né pour faire époque en pratiquant ouvertement des principes qui étaient devenus ceux du plus grand nombre, et que la timidité

des gens de lettres s'était bornée à pro-
clamer plus ou moins clairement. Il ne
s'agissait, à mon sens, que de réunir un
assez grand nombre de disciples qui,
par leur conduite, prouvassent que le
plaisir peut s'allier avec la pratique des
vertus utiles à la société, et que tout
autre lien, toutes autres entraves, n'é-
taient que des préjugés dont il fallait se
débarrasser puisqu'en les secouant on ne
nuisait point au bien général.

Ce qui n'était qu'un désir devint une
passion, lorsque de la médiocrité de fortune où j'étais né, je devins tout-à-
coup puissamment riche par la succes-
sion d'un oncle dont je me trouvai le
seul héritier.

« Ce changement qui me permettait
de prétendre aux plus hautes dignités de
la magistrature, ne me donna ni orgueil
ni vanité; je ne vis que le moyen de
réaliser mon projet en devenant chef de
secte. Je trouvai bientôt des prosélytes;
mais la plupart n'avaient que l'instinct du

plaisir, sans vues, sans élévation dans
l'esprit, et dépourvus de l'espèce de
courage qui aurait pu en faire de véri-
tables adeptes. Ce fut dans ce temps que
je rencontrai dans le monde M. de Senlis : sa haute naissance, son éducation
me le firent croire propre à donner de
la consistance à mon projet; mais son
insupportable orgueil, dont je ne tardai
pas à m'apercevoir, ternissait toutes ses
qualités; j'espérais l'en corriger, j'avais
sur lui un ascendant que j'ai toujours
conservé, mais dont il n'a pas su profiter.

« Il me présenta chez madame sa
mère, où je conçus les premiers doutes
sur la solidité de mon système, car j'y
vis la vertu dans tout son éclat et avec
tous les charmes qui la font aimer; mais
aussi avec cette austérité de principes
que mon but était de combattre; j'ai-
mai mieux la regarder comme une ex-
ception au-dessus des forces humaines
que d'entrer dans l'examen de la vérité

« A quelque temps de là le président m'amena son frère; il m'avait prévenu contre lui en me le peignant comme un être encroûté de préjugés : je me défiai de son jugement, et je fis bien : en voyant ce frère j'éprouvai une sorte d'admiration : à tous les avantages de la nature il réunit l'aisance et les grâces qui constituent l'homme aimable et vraiment fait pour plaire. Voilà, pensai-je, encore un nouveau phénomène. Pour donner un motif à ce mouvement de surprise je fus obligé de lui dire que j'avais été frappé de sa ressemblance avec madame sa mère, ce qui était vrai; mais il le fut aussi que je sentis le désir de lui plaire et le besoin de me tenir dans une circonspection qui ne lui permit de porter sur moi aucun jugement défavorable.

« La soirée se passa d'une manière agréable ; nous avions quelques actrices du Théâtre Français et de l'Opéra, qui, habituées à la représentation, prirent le

III.   16

ton dont je donnais l'exemple ; il con-
vint à M. le chévalier de Senlis qui eut
toute l'amabilité qui distingue les hommes
de bonne compagnie. Pour éviter tout
écart, je dirigeai la conversation sur les
pièces de théâtre : ce genre de littéra-
ture, à la portée du cercle qui nous en-
tourait, remplit tout le temps du souper ;
mais il n'y eut que M. le chevalier et
moi qui en distinguassent les beautés, et
les fissent ressortir par des remarques
délicates ; son frère n'y prit presque point
de part, et parut même préoccupé de
toute autre chose.

« M. le chevalier accepta l'invitation que
je lui fis de se trouver à notre prochaine
réunion ; elle eut des particularités qui
se rattachent au sort dont je suis victime, et qui par là même ne pourront
manquer, ma respectable amie, de fixer
votre attention.

« Une femme faisant profession de
dire la bonne aventure, était venue d'I-
talie en France, où elle avait acquis une

rapide célébrité, particulièrement à Paris, où l'on est plus qu'ailleurs avide de tout ce qui paraît extraordinaire ou merveilleux; on en parlait partout : par complaisance j'y avais accompagné une dame qui n'avait osé y aller seule. Cette femme me parut en effet avoir des procédés si supérieurs à ceux ordinaires à ces sortes de charlatans, que je crus procurer de l'agrément à mes disciples, en l'engageant à venir nous dire notre bonne aventure; c'était le même soir que M. le chevalier de Senlis devait être des nôtres : il vint, comme il l'avait promis, et j'annonçais ma prétendue sorcière, lorsqu'on entendit le bruit de sa voiture.

« Je ne sais quelle peur saisit cette femme, ou si, nous regardant comme des incrédules, elle nous crut le projet de nous moquer d'elle; toujours est-il qu'elle ne voulut nous laisser ses prédictions qu'au moment de son départ, et après notre parole d'honneur que rien ne s'opposerait à sa sortie : elle partit, comme elle le voulait, en nous laissant nos horoscopes.

« Celui du président le désignait sous son vice dominant, et lui prédisait une fin malheureuse.

« Le mien à la faveur d'un compliment m'annonçait une fin déplorable.

« Le seul chevalier de Senlis était dédommagé d'une longue prédiction de malheurs par l'assurance que, toujours fidèle à l'honneur, il jouirait de la paix intérieure que donne une conscience sans reproche.

« Tous les autres étaient peints fidèlement et plus ou moins maltraités.

« Le caractère de vérité de ces portraits en donnait un si sérieux aux prédictions, qu'il n'y avait pas moyen d'en rire.

Le président s'emporta contre la sorcière; je parus, plus que je ne l'étais, supérieur à la circonstance, et je ne crus pas M. le chevalier exempt d'en être affecté: notre soirée s'en ressentit; j'y rappelai en vain la gaîté ; elle avait fui loin de nous.

Je ne revis plus M. le chevalier qu'une seule fois ; il était arrivé avant moi au rendez-vous ordinaire, à ma petite campagne, et je n'ai su que quelques jours après qu'il avait entendu un entretien qui devait lui avoir ôté l'envie d'y revenir. Aussi fus-je très-surpris de le trouver différent de ce qu'il avait été à mon égard : ce qui se passa dans la soirée dut encore achever de l'indisposer. Un M. de Saint-Luc, officier de cavalerie, nouvellement de retour de sa garnison à Paris, et qui était de notre société, vint augmenter le nombre des convives : il fut reçu comme une ancienne connaissance ; mais, naturellement avantageux, il était souvent désobligeant par ses manières hautaines : ce fut ce qui lui arriva. On avait beaucoup parlé sur le compte des femmes ; Saint-Luc entreprit de prouver qu'il n'y en avait aucune qui fût rigoureusement vertueuse : il s'appuya d'une

multitude d'exemples. L'un de nous lui
opposa mademoiselle de la Vallière; il
fut contredit par Saint-Luc, qui préten-
dit que nous serions tous de son sentiment. M. le chevalier, qu'il interrogea
le premier, prit la défense de cette
femme célèbre, et prouva avec autant
de raison que de délicatesse qu'elle serait restée vertueuse si elle n'eût pas été
exposée à toutes les séductions d'un mo-
narque à qui un hasard favorable avait
appris qu'il était aimé : il n'y avait pas
moyen de réfuter les assertions du chevalier, qui avait terminé par appuyer son
opinion sur une pénitence rigoureuse qui
surpassait de beaucoup la faute ; tout le
monde se rangea de son parti. Saint-Luc,
déconcerté, ne répliqua que par une attaque personnelle aussi déraisonnable
qu'inconvenante, que M. le chevalier
repoussa avec autant de dignité que de
calme. Je voyais s'engager une affaire
qui pouvait devenir sérieuse; j'employai
tout ce que j'avais d'adresse à trouver

un moyen qui rapprochât les opinions :
je connaissais assez le Saint-Luc pour
être sûr qu'il serait heureux d'en profiter. Cette affaire n'eut pas d'autres
suites ; mais j'étais cruellement affligé,
j'avais conçu une sorte d'admiration
pour le chevalier, j'éprouvais le besoin
d'obtenir son estime, je voulais le revoir et tout faire pour y parvenir : je
ne pus réaliser cet espoir ; quelques jours
après il était retourné à son régiment.

Plusieurs mois s'écoulèrent, pendant
lesquels je ne vis plus M. le président
que dans la maison que nos associés
avaient jugé convenable de prendre en
commun, qui, si elle était le temple de
la liberté, ne l'était sûrement pas des
bonnes mœurs. Vous étiez alors, vertueuse Sophie, sous son empire ; je ne
l'appris que par lui, lorsque, désespéré
de l'avoir inutilement exercé, il ne res-
pirait que pour la plus ignoble vengeance. Il me conduisit auprès de vous,
pour l'aider, disait-il, à vous aguerrir ;

je crus qu'il s'agissait d'une femme dont
il voulait se débarrasser en la lançant
dans le monde.

« Malgré l'opinion défavorable que je
devais avoir conçue, vous m'inspirâtes
en vous voyant un sentiment que je n'a-
vais jamais éprouvé ; forcé de suspendre
mon jugement, je m'intéressais à vous
malgré toutes préventions étrangères.
Votre arrivée dans l'infernale maison
fut un commencement de lumières ;
l'instant où, restée seule avec moi, vous
réclamâtes mon secours, acheva de me
les donner, de fixer mes résolutions, et
de m'expliquer tout ce que j'éprouvais.
Vous parûtes dans l'assemblée, comme
le souhaitait votre tyran ; l'ascendant irrésistible de la vertu vous gagna tous les
cœurs, et j'employai, faute d'autre
moyen, tout ce que j'avais d'éloquence
pour que l'asile que demandait pour
vous le président ne vous fût pas refusé : c'était, dans la circonstance, le
seul moyen de vous soustraire à sa do-

mination, à moins de faire une scène scandaleuse, qu'il fallait éviter pour votre intérêt plus que pour le mien.

« De ce moment, je ne vis plus que l'abus de la trompeuse philosophie dont j'avais eu la témérité de me déclarer le professeur. Le président était un exemple effrayant du degré de dégradation où elle pouvait conduire : il l'avait à la vérité professée par une disposition naturelle ; il l'eût même créée si elle n'eût pas existé ; mais les conséquences n'en étaient pas moins dangereuses.

« C'est à vous que je dus cet heureux changement : le spectacle d'un être angélique, qui, seul, abandonné à ses propres forces, avait lutté contre toutes les séductions, évité tous les piéges, tenté avec esprit et avec courage tous les moyens d'échapper à une odieuse tyrannie, qui n'avait point été vaincu, mais opprimé par la ruse unie à la force, me parut ce qu'il était, une preuve irrésistible de l'existence de la vertu, de ce

qu'elle peut sur le crime, et du caractère divin qui porte dans l'âme la satisfaction de l'avoir suivie.

« J'étais si loin de vous que, malgré
ma docilité à écouter vos réflexions et
vos conseils, et malgré les assurances
que je vous donnais de mon respect et
de mon dévouement, je vous laissai
avec des craintes qui ne pouvaient être
détruites que par la suite de ma conduite.

« Le président m'appelait auprès de
lui; il prétendait avoir besoin de moi:
c'en était assez pour que je tinsse la parole que je lui avais donnée d'aller le
voir à sa terre. Je l'y trouvai dans l'embarras d'une nouvelle iniquité tramée
dans l'ombre, mais dont, criminel à
demi, il n'avait pas le courage de se
tirer par le seul parti qu'il y eût à prendre; ses amis le prirent pour lui, sans
que je pusse y rien opposer, parce qu'ils
n'avaient pas le choix des moyens.

« Je devançai son retour à Paris,

pour suivre le plan dont j'étais convenu avec vous ; des événemens que vous connaissez aussi bien que moi nous ouvrirent une autre voie, je la préférai parce qu'elle devait dissiper tous vos doutes, je fis le sacrifice du bonheur que je trouvais à vous être utile, parce que je ne le cédais qu'à la seule protection qui convînt à la vertu ; l'événement justifia mes espérances, je vous laissai dans son temple.

Depuis que vous êtes dans cet asile où vous avez trouvé, comme je m'y attendais, l'accueil dû à votre malheur, j'ai osé vous renouveler mes prétentions qu'un excès de délicatesse ou plutôt une injuste défiance de ce que vous méritez vous a fait refuser, jusqu'à l'époque où la compassion de la fâcheuse situation où je me trouvais a déterminé votre consentement ; j'en espérais tout pour mon rétablissement : cet espoir ayant été déçu, je me suis rappelé la prédiction qui m'avait été fait e : *Que je tomberais*

dans le précipice, et que pas une seule
main ne me serait tendue pour en sor-
tir. J'osai murmurer contre mon destin, et croire un moment que la matière
organisée pouvait être douée de la connaissance de l'avenir, puisque tout le
monde me fuyait, même mes soi-disant
amis.

« Je ne sais où cette idée funeste
m'aurait conduit si vous ne m'eussiez
fait connaître mon ingratitude et le faux
de cet art trompeur, en vous retraçant
à mon souvenir telle que je vous vis
quand votre seule présence inspira le
respect à une assemblée de personnes
corrompues. Je ne suis pas sans ami,
m'écriai-je; l'oracle a menti; il m'en
reste une dont rien ne rebuterait le
tendre intérêt, si elle n'était retenue par
les convenances qui s'y opposent; mais
je le sais, et je le sens, cette vérité con-
solatrice a rétabli le calme dans mon
âme, et m'a soumis aux justes décrets
de la providence qui ne me juge pas

digne de vous avant que je sois puri-
fié par l'excès des souffrances.

« Ainsi, mon angélique amie, je vous
dois dès cette vie une nouvelle existence,
puisque je n'en sortirai qu'avec l'intime
conviction que la vertu ainsi que la pen-
sée sont impérissables ; que l'auteur de
la nature n'a pu les destiner à l'anéantissement ; que c'est ailleurs que nous de-
vons nous retrouver, et que, si je ne
dois contribuer en rien à la félicité qui
vous est destinée, je me trouverai encore heureux de vous en voir jouir.

« Vous connaissez maintenant mes erreurs, mes fautes et mes derniers sentimens ; les unes sont de moi, les autres
sont de vous : puissent-ils vous intéresser ! c'est le dernier vœu du malheureux

« DE RIVERI. »

Après cette lecture qui ne se fit pas
sans quelques interruptions, madame de
Senlis me dit : Les secrets de notre fa-

mille sont assez connus de mademoiselle
Dupleixe pour qu'elle n'y apprenne rien
qu'elle ne sache déjà ; je ne vois donc
aucune raison de la priver d'un écrit qui
peut être pour elle un sujet d'adoucisse-
ment à ses regrets, lorsque je croirai
pouvoir le lui adresser, sans qu'il puisse
altérer sa santé.

Telle était notre situation, lorsque
enfin nous eûmes le bonheur de revoir
M. le chevalier de Senlis qui, après une
navigation pénible, était débarqué au
port de Rochefort.

CHAPITRE XXXV.

Peines cruelles, quoique prévues.

Le chevalier, soutenu par le fidèle La France, arriva en boîtant dans les bras de sa mère ; il avait en outre un bras en écharpe et la tête enveloppée de taffetas noir : ce triste costume tempéra singulièrement la joie qu'avait inspirée son retour. Il nous la rendit en nous apprenant que l'attitude pénible dans sa voiture depuis Rochefort jusqu'à Paris avait occasioné la douleur qui le faisait boîter ; mais qu'elle se dissiperait, parce que la blessure qu'il avait reçue à la cuisse n'avait jamais causé cet accident ; que quant à celles de son bras et de sa tête, l'air de

la mer lui avait nui ; mais qu'un peu de
repos acheverait de le rétablir.

Madame de Senlis éprouva un embarras qui dans tout autre moment eût
été risible, lorsque venue avec ses enfans pour embrasser son mari, elle n'osa
le toucher, et resta dans l'inquiétude de
savoir si elle devait se réjouir ou s'affli-
ger : Viens, s'écria-t-il, ma chère amie;
il me reste un bras pour te serrer sur mon
cœur. Mais M. et madame de Buci, qui
survinrent, s'opposèrent aux élans de
tendresse, et insistèrent pour faire cou-
cher le malade; il fut conduit à sa chambre, où M. de Buci lui fit fidèle compagnie.

Son rétablissement ne fut pas aussi
prompt que nous le désirions : l'impression que lui avait faite l'accusation portée
contre lui, par M. de Saint-Luc, lui
avait fait contracter une tristesse habi-
tuelle dans laquelle il retombait malgré
les caresses de sa femme et celles de son

fils auxquels cependant il était sensible.
M. le comte de Buci qui aimait tendre-
ment le chevalier, qui était fier de ses
succès et de la rapidité de son avance-
ment, s'inquiétait d'une disposition qui
nuisait à la cicatrisation totale de ses
blessures.

La cause la plus inattendue vint pro-
longer et augmenter cette situation;
M. de Riveri, sans qu'un seul ami fût
resté près de lui, et lui eût adressé un
mot de consolation ou montré seulement quelque compassion, termina sa
douloureuse carrière.

M. le président de Senlis, qui avait
envoyé tous les jours s'informer de sa
situation, instruit de sa fin, en fut frappé, soit qu'elle lui rappelât les prédictions qui leur avaient été faites et qui le
menaçaient d'une fin non moins funeste,
soit qu'il se crût aussi dans une situation
incurable, de ce moment ses maux aug-
mentèrent, et la terreur qui s'empara
de lui le porta à la démarche la plus

III.   17

inattendue. Il se fit amener à l'hôtel de
sa mère, et demanda à voir son frère:
malheureusement M. le comte de Buci,
qui ne le quittait pas, était dans sa
chambre, on vint lui dire à l'oreille que
M. le président de Senlis était dans la
pièce voisine et désirait voir son frère.

Le comte de Buci, qui avait toute la
rigidité des hommes qui ne se sont jamais écartés de leur devoir, se hâta de
passer auprès de M. le président, et de
lui dire que tant qu'il aurait une goutte
de sang dans les veines, il ne le laisserait
pas approcher d'un malheureux couvert
de blessures et frappé au cœur d'une
dernière persécution à laquelle il n'était
sûrement pas étranger. Que quand il
serait rétabli et jouissant de ses forces,
alors il serait maître de le recevoir s'il le
voulait.

—Je ne m'attendais pas, monsieur, à
un semblable refus, et je m'imaginais
qu'un frère ne pouvait être regardé
comme un danger pour son frère.

—Vous nous avez trop appris, monsieur, à vous craindre pour penser dif-
féremment, et j'en ai pour mon compte
des preuves trop réelles ; c'était par madame votre mère que vous deviez commencer. Si elle eût consenti à ce que
vous vissiez votre frère, j'aurais sous-
crit à ses volontés. Voilà tout ce que
j'ai à vous dire.

Le président rentra chez lui la rage
dans le cœur, il s'enferma dans son cabinet, écrivit long-temps, et lorsqu'il
eut fini il se livra à des emportemens
qui firent craindre que sa raison ne fût
altérée; il ne voulut écouter aucun conseil, ni prendre aucun calmant. On
soupçonna que dans ses accès de fureur
il avait envie de se jeter par la fenêtre,
on le surveilla si soigneusement qu'il
fut préservé de ce danger; mais il fut
victime d'un autre que personne ne put
prévoir; il en imposa par une apparente
tranquillité, se coucha, dit qu'il avait envie de dormir et ordonna de le laisser; un

quart-d'heure après un coup de pistolet
qu'on entendit, fut un signal d'alarme : on
rentra, il était défiguré et une partie de
sa tête avait été emportée par la balle.

Il était près de minuit, on accourut
à l'hôtel, ce fut moi qu'on demanda, j'y
allai et revins convaincu que le mal
était sans remède. Il fallait en instruire
madame la présidente, j'eus recours à
madame la comtesse de Bucy ; elle usa
d'abord d'un déguisement nécessaire en
annonçant l'événement comme l'effet
d'une convulsion à laquelle il avait succombé.

Je passe sur toutes les formalités qui
suivirent cette catastrophe, pour arriver à la cruelle lettre trouvée sur son
bureau et adressée à son frère le chevalier de Senlis, maréchal des camps et
armées du roi.

Si l'on eût pu en deviner le contenu,
on se serait bien gardé de la lui remettre, ou du moins on ne l'eût fait que
plus tard ; le respect dû à une lettre ca-

chetée produisit tout le mal qu'en attendait celui qui l'avait écrite.

Charles de Senlis à son frère Henri.

Le   ·   1760.

« Je me suis présenté dans l'intention
sincère de me réconcilier avec toi, de
t'avouer tous mes torts, d'en obtenir le
pardon, de faire rentrer dans mon cœur
la paix et le repos qui seuls pouvaient
calmer l'inflammation de mon sang et me
faire retrouver la santé. La réception
injurieuse que m'a faite le farouche
comte de Bucy, ton beau-père, m'a fait
rougir de ma faiblesse et m'a rendu à
mon caractère.

« Avec lui, je reprends ma haine contre toi et contre tous ceux qui comme toi
ont su plaire sans efforts et par cette
souplesse que la nature m'a refusée.

« Tu m'as ravi l'affection de mon père,
de ma mère et celle de cet hypocrite de

Meslin qui, malgré sa scrupuleuse attention à maintenir entre nous l'égalité,
laissait voir dans ses yeux sa préférence
pour toi : jusqu'à ses réprimandes avaient
l'air d'une caresse.

« Notre père en mourant ne m'a rien
retranché en ta faveur, parce qu'il savait bien qu'il te laissait une fortune
considérable, et que ses mesures avaient
été prises de loin avec le commandeur.

« Avec le temps, le penchant au plaisir
s'est développé en moi, je n'ai point
comme toi trouvé auprès de ma mère,
ni dans ses sociétés, le charme qui t'y
retenait; tu passas pour un modèle de
sagesse et moi pour un libertin parceque
je voulus user de ma liberté.

« Ce fut à cette époque que je devins
un des disciples de M. de Riveri. Ses
instructions me firent connaître le prix
de l'indépendance et le droit que j'avais
d'en jouir. En faveur de ses maximes je
lui pardonnai les moyens de plaire dont
il était éminemment pourvu et la supé-

riorité de lumières que je sentais qu'il avait sur moi; je n'ai pas été mieux traité par lui; amis, frères, vous avez tous fait le tourment de ma vie.

« La licence de nos soupers, les plaisirs faciles qu'on y trouvait, n'étaient point de mon goût ; j'éprouvais le besoin d'être aimé; ce fut alors que le hasard fit qu'on m'abandonna tous les droits possibles sur une orpheline, pourvu que je me chargeasse de sa fortune. Je crus avoir trouvé le bonheur que je cherchais ; aux dons les plus précieux de la nature elle joignait une éducation cultivée, et des talens naturels; je fis continuer ce qui était si heureusement commencé : je ne pus m'en faire aimer, elle ne voulut voir en moi qu'un protecteur qui lui tenait lieu de père et rien de plus; tous mes soins échouèrent ; et lorsque je lui parlai de mon amour, de ma passion, elle m'opposa des principes qui n'étaient réellement que l'effet de

son aversion pour moi; je crus la ramener en attaquant ses sens, sa résistance fut invincible : elle tentait tout
pour m'échapper. Pour m'en venger je
lui fis par surprise et par force ce que
les femmes appellent le dernier des ou-
trages, je n'en fus que plus haï. Las d'une
guerre inutile pour la domter et éprouver l'effet de l'exemple, je la conduisis,
aidé de Riveri, dans un lieu consacré
au plaisir, tout s'y transforma pour elle,
ce fut une divinité qu'on respecta, tout
ceux qui partageaient avec moi l'autorité dans cette maison se déclarèrent en
sa faveur, sans en excepter de Riveri,
qui devint son plus zélé défenseur. Mon
départ pour la Normandie était arrêté;
mes intérêts m'y appelaient; je la laissai
dans cette maison et la confiai à de
Riveri.

« Le perfide a été subjugué par l'ascendant de cette rebelle créature, il en a
obtenu les sentimens qui eussent fait

mon bonheur, que j'eusse récompensés,
de ma main, de ma fortune et de ma
vie.

«Pendant que le perfide de Riveri
réussissait à lui plaire par ce charme qui
m'est refusé, j'arrivai à Rouen où je
fus blessé du concert unanime de tes
louanges; mon cœur déjà irrité ne put les
supporter j'ourdis une trame que des circonstances imprévues firent échouer; et
pour sauver notre nom de l'opprobre, il
en coûta la vie à mon complice.

« Plus animé contre toi, je voulus,
sans être ton rival, obtenir mademoiselle de Buci que tu allais épouser, dans
le seul dessein de te ravir le bonheur:
refusé par son père, je conçus le projet
de l'enlever pour quelques heures, non
pour l'outrager en aucune manière,
mais pour que le doute rompît ton
union ou en troublât la douceur. Il me
fallait une femme pour réussir; j'attachai
au succès de cette entreprise la liberté de
l'ingrate que j'avais confiée au perfide

III.   18

de Riveri. Il l'y détermina; mais ce n'était
que pour me tromper : car elle s'échappa
si facilement de ses mains, et préserva
si adroitement mademoiselle de Buci, que
j'ai toujours pensé qu'ils avaient agi de
concert pour me trahir. J'ai voulu sacrifier la perfide Sophie; je ne lui ai porté
qu'un coup mal dirigé.

Echappée pour toujours de mes mains,
j'ai su que de Riveri avait été porté, par
une passion incroyable dans un homme
qui avait toujours combattu l'amour comme une faiblesse, à lui offrir sa main, et
qu'elle n'y avait résisté que parce qu'elle
ne se croyait plus digne de lui : ainsi il
a éprouvé par cette résistance une partie du mal qu'il m'avait fait; mais il était
aimé.

Enfin je t'ai poursuivi jusqu'au fond
de l'Amérique; je n'ai eu besoin pour
cela que de l'aversion que tu avais inspirée à M. de Saint-Luc. Ton ascendant
a triomphé; tu es revenu comblé de gloire
et d'honneurs. Cependant je me repen-

tais de bonne foi ; mon corps, affaibli par des maux incurables , allait chercher dans une réconciliation sincère le calme dont je n'ai jamais joui , et je n'ai éprouvé qu'un refus outrageant.

« Je ne survivrai point à cette injure, vous me haïssez tous ; je ne vous hais pas moins ; mais vous serez débarrassés de l'objet de votre haine : quand tu liras cette lettre, je n'existerai plus.

« Je n'ai fait aucune disposition testamentaire ; je n'ai point dérangé mes affaires ; je ne laisse que peu de dettes à acquitter ; tu vas être en qualité d'héritier de mon titre, *M. le comte de Senlis*, et ma mère sera par la loi héritière de mes biens qui seront un jour les tiens, ou ceux de tes enfans ; mais ma funeste fin en troublera la jouissance ; et mon ombre sanglante te poursuivra jusqu'au tombeau.

» Charles DE SENLIS. »

Cet écrit funeste troubla si cruelle-

ment le malheureux Henri, que pendant
six semaines nous avons craint pour sa
vie ; les tendres soins, les caresses l'ont
enfin rendu aux vœux de sa mère et
de toute sa famille ; mais le dégoût de
la vie l'entretenait dans une langueur
alarmante. M. le procureur général dont
les avis nous avaient toujours été si utiles, décida qu'il n'y avait qu'un ordre
de son maître qui pût le tirer de cet
engourdissement ; il peignit au roi la situation de cette intéressante famille ; il
en reçut la réponse la plus favorable.
M. le comte de Senlis fut mandé à la
cour ; le roi lui dit qu'il l'avait nommé
son ministre plénipotentiaire à la cour
de Naples, parce qu'il savait qu'il n'é-
tait pas moins propre aux négociations
qu'à la guerre et qu'il ne voulait pas laisser languir dans le repos un serviteur
dont il connaissait le zèle.

Cet ordre ranima dans le comte l'a-
mour de la patrie ; il accepta, et obéit
aux ordres de Sa Majesté. Nous l'avons

tous suivi à Naples : ce climat enchanteur, les plaisirs d'une cour où il eut le
bonheur de servir utilement son Roi,
achevèrent de lui rendre la santé et l'a-
mabilité.

Son sort était enfin accompli, ses ennemis morts ou confondus. Nous revîn-
mes en France au bout de deux ans, et
depuis rien ne troubla notre tranquillité;
et c'est dans le sein de cette famille, devenue la mienne par mon attachement,
que je terminerai ma longue carrière.

CONCLUSION.

MADEMOISELLE Dupleixe, qu'on n'aura pu voir qu'avec intérêt, voulut, après la mort de M. de Riveri, retourner dans le cloître et prononcer des vœux. Madame la présidente eut le bonheur de lui faire préférer une autre gloire, en se livrant aux vertus actives de la bienfaisance; elle a succédé à madame de Langeais dans la qualité de fondatrice de l'institution des jeunes villageoises, et elle jouit dans la province de toute la considération que donne le mérite uni à la vertu.

La France n'a point voulu quitter son maître, ni accepter aucune place qui l'eût éloigné de lui; il a été marié à une femme jeune et aimable, attachée à madame la comtesse de Senlis, et coule des jours heureux dans la maison de ses maîtres.

Madame la présidente, le comte de Senlis et son épouse, font leurs délices des deux enfans qui sont élevés sous leurs yeux; le frère et la sœur sont charmans. Le printemps de leur vie jette des fleurs sur l'hiver de la mienne; et, réunis tous les jours à monsieur et madame de Buci, nous jouissons de la plus douce existence, mais achetée par de cruels malheurs.

FIN.

DE L'IMPRIMERIE D'ADRIEN EGRON.
rue des Noyers, n° 37.

www.ingramcontent.com/pod-product-compliance
Lightning Source LLC
Chambersburg PA
CBHW051821020726
47502CB00005B/1573